COBALT-SERIES

橋屋本店閻魔帳

海の罠とふたりの約束!

高山ちあき

集英社

橘屋本店閻魔帳

海の罠とふたりの約束！

Contents

登場人物紹介
弘《ひろ》人《と》
橘屋本店の息子。実体は鵺。
妖怪の世界である裏町では美咲と
式を挙げ、婿入りしたのだが…？
美《み》咲《さき》
コンビニチェーン・橘屋の酉ノ分店の跡取り娘。
母は人間だが、亡き父は妖狐。

颯太《そうた》
士榔の息子。
雁木小僧《がんぎこぞう》
酉ノ分店の従業員。
静花《しずか》
申ノ分店の跡取り娘。
弘人の婿入り先の候補だった。
士榔《しろう》
海賊衆・如月水軍の一員。
那智《なち》
子ノ分店の従業員で、雪妖。

イラスト／くまの柚子

橘屋本店閻魔帳
海の罠とふたりの約束！

のれんの色が変わるとき、
奥の襖《ふすま》は隠《かく》り世《よ》へと繋《つな》がり、
見えざる棚《たな》には妖怪向けの品々が並ぶ。
店の名は橘屋《たちばなや》。
獣《けもの》の妖怪を店主に据《す》えて、
現《うつ》し世《よ》に棲《す》まう妖怪たちの素行を見張る。

序章

海の中は静かだ。

ここには波の音も、水夫《かこ》たちの怒鳴り声もとどかない。

水底から、白い妖狐《ようこ》が水面にむかって泳いでくるのが見える。

艶《つや》やかな体毛は、海水になでられてうしろへ流れる。

水面から差し込む光が、そのからだにゆらゆらと斑《まだら》の影をつくっている。

妖狐はこっちに気づくと、するりとその姿を失った。

魔法が解けたかのように、一瞬のうちに。

無数の水沫《みなわ》がうまれて、そこに女があらわれる。

女はあざやかな色の着物を着ている。島の磯女《いそおんな》たちが着ているような、薄くてやわらかな生《き》地《じ》を幾重《いくえ》にも重ねたものだ。

結われた髪には、珊瑚《さんご》や瑪瑙《めのう》のはめこまれたぴかぴかの簪《かんざし》を挿《さ》している。

薄い裳《も》の裾《すそ》が海月《くらげ》のようにひろがって、海中でたゆたう。

花がひらいて、ゆれているみたいに見える。
きれいだ。
ほんの数日間、自分の面倒を見てくれた女。
女の胸はあたたかくて、甘くて優しい香りがした。
かいだことのない、不思議な香り。不思議な妖気。
だからこのひろい海で、その気配を探ることができたのだ。

第一章　ある疑惑

1

り、りん、と涼しげな風鈴《ふうりん》の音が耳に心地よく響く。

美咲《みさき》は、葦簀《よしず》の立てられた縁側に朝からごろりと横になって、ぼんやりと弘人《ひろと》のことを考えていた。

『実家で修行してくる』

遠野《とおの》で美咲が負わせた腕の傷も癒《い》えるころ、弘人はそう言って今野家《こんのけ》を出ていった。

ちょっと二、三日家を空《あ》けるくらいの言い方だったのに、本人はどういうつもりか、『一カ月くらいは戻れそうにない』と電話で連絡をよこしたきり、ほんとうにひと月近く帰ってこない。

放置プレイってやつじゃない？　と劫《めぐる》に笑われたが、ひと月も放置されては笑い事ではすまされない。

気になって〈御所《ごしょ》〉のほうに出かけてみたりもしたのだが、

『弘人様はただいま技術集団の方々とともに嵯峨《さが》の山に籠《こも》りきりでございます』と側女《そばめ》の綺蓉《きよう》に申し訳なさそうに告げられ、とぼとぼと肩を落として引き返してきた。

嵯峨の山中には雨もふらないのに、日に何度か大きな雷鳴が轟《とどろ》いているというから、どうやら遊んでいるわけではないことはたしかなのだが、顔も見られないのはどうもさびしい。

八月に入って二回ばかり電話がかかってきたが、『元気にやっているから大丈夫』とか『大学の補講がはじまる頃には帰るから心配するな』とか、そんな必要最低限の会話をかわしただけで終わってしまった。もともとお喋《しゃべ》りな男でもないのだが。

『煩悩《ぼんのう》を払うための修行に女は無用。むしろ禁忌《きんき》。おまえさんが弘人殿にしてさしあげられるのはおとなしくまつことだけじゃ』

とはハツの意見。

弘人は『高天原《たかまがはら》』の事件や、遠野の薬種問屋《やくしゅどんや》での顚末《てんまつ》は自分の弱さが招いたことだからと責任を感じて、そのためにもう一度自分を鍛《きた》えなおすのだと家を出ていった。

美咲としてはそのことに納得できたような、できていないような中途半端《ちゅうとはんぱ》な気持ちでいるのだが、それでも今後の自分たちのために彼が決めたことなのだからと自分をなだめて、自分も強くなろうと体力づくりをしつつ、酉《とり》ノ区界《くかい》内の雑多《ざった》な妖怪退治をしてすごしている。

「おはようございます、お嬢さん……」

庭先で雁木小僧《がんぎこぞう》の声がしたので、美咲はむくりと半身を起こした。

お仕着せに身を包んだ雁木小僧が葦簀のむこうから顔をのぞかせていた。いつものように大《だい》福帳《ふくちょう》にハツの認印《みとめいん》をもらいに来たのだと思っていたら、となりに、四～五歳くらいの小さな男の子を連れている。

「おはよう、雁木小僧。あれ、この子……」

美咲は、おなじように葦簀からこっちをのぞいている男の子の顔に見覚えがあることに気づいた。

髪は日に焼けてすこし赤茶け、あどけなさに満ちた顔には潑剌《はつらつ》とした眼《まなこ》と、形のよい鼻と口がちんまりとおさまった、愛くるしくも健康そうな男児である。

「きみ、どこかで見たことが……」

美咲は懸命《けんめい》に記憶をたどり、その子が遠野の麦蕎麦屋《むぎそばや》で会った男の息子だったことを思い出した。

「そうよ、遠野で会ったわ。あたしのこと、おぼえてる？」

問われた男の子は、しばしのあいだまじまじと美咲の顔を眺めていたが、しまいに小さな眉《まゆ》をよせながら大きくかぶりをふって、彼女をおぼえていないことを示した。

「あ、そう。一度お店で会ったきりなんだから無理もないわよね」

こっちはよくおぼえていたものだと美咲は自分の記憶力に感心する。

「今朝、朝飯を捕りに裏町の大磯《おおいそ》の海に行った妖怪が、浜にうちあげられてるのを発見したそうです。水を吐かせて意識は戻ったんですが、口がきけないようで」

雁木小僧は途方にくれたようすで言った。

「口がきけない？」

男の子はぶんぶんと首を縦《たて》にふって頷《うなず》く。そういえば、さっきからまったく声を発さない。人見知りというよりは、ときおり口をぱくつかせたりして、声が出ないことを訴えている感じだ。

「どうして遠野にいた子が大磯の海で溺《おぼ》れていたのかしら？　そもそもきみはなんの妖怪なの？」

「無理っすよ、訊《き》いてもなんも答えられないんですから。まだ文字も書けないみたいで、はいといいえでしか会話ができないんです。いろいろ質問してみたんすけど、どうやら海妖怪なのにカナヅチらしいという奇妙な事実が判明しました」

溺れて浜にうちあげられていたのだからそういうことになるだろう。

「海妖怪なのに泳げないなんて変ね。そういえばあなたのお父さん、如月《きさらぎ》水軍とか言ってたわよね？」

「ええっ、如月水軍っすか」

男の子が首を縦にふる傍《かたわ》らで、雁木小僧がぎょっとする。

「あんた、知ってるの、雁木小僧？」

「東日本の海で幅をきかせてる海賊衆っすよ。略奪《りゃくだつ》、窃盗《せっとう》、殺人は日常茶飯《さはん》事で、まあ、海賊ってそもそもそんな連中のことを言うんすけど、……橘 屋《たちばなや》ともいろいろあったみたいで折りあいはよくないですね」

「海賊……って、え、そんなやばい感じの組織だったの……？」

亭主《ていしゅ》はからっと朗《ほが》らかで好印象の男だったので、水軍と聞いてもただの漁業組合の名称かと勝手に思い込んでいた。もとはやくざの組員だったくらいなのだから、ああ見えても根はやはり無頼漢《ぶらいかん》なのだろうか。

（そういえば那智《なち》さんも愛想《あいそ》をつかせていたっけ……）

那智とは、遠野でその亭主を紹介してくれた子《ね》ノ分店の女店員だ。如月水軍のことは海と金のことしか頭にない連中だとか言ってあきれていた。

「如月水軍がなんじゃ」

縁側で話をしていたので、奥の座敷からハツが顔をのぞかせた。

「あ、じゃあひとまずこの子はうちであずかるわ。ありがと。あんたは店に戻って、雁木小僧」

美咲は話を切りあげて、男の子のほうに手をさしのべながら言った。

「はァ、じゃあ、よろしくお願いします」

雁木小僧は美咲に手をひかれて縁にあがる男の子に「じゃあな」と目配せすると、仕事に戻っていった。

居間で事情を聞いたハツは、

「厄介《やっかい》な拾いモンをしたな」

と男の子を前に無遠慮に言って眉をひそめた。

「そんなこと目の前で言ったらかわいそうじゃない、おばあちゃん。この子だって好きで溺れたんじゃないと思うわよ。ね？」

氷の入ったグラスを支度《したく》してきた美咲が息子をのぞきこむと、息子は同意して首をぶんぶんと縦にふった。

「橋屋と如月水軍は仲が悪いのじゃ」

「あ、さっき雁木小僧もそんなこと言ってたわね。どうしてなの？」

美咲はグラスに麦茶を注ぎながら問う。

「お上《かみ》と如月水軍の総大将が不仲なのじゃ。海も、陸《おか》とおなじように力のある者が徒党を組んで領土の奪いあいをしておる。そのうちのひとつである如月水軍は、はじめは大将の身内とときりまきだけの小さな組織だったのだが、橋屋とは古くからお上とのつきあいが深くてな、ときおり騒ぎを起こす海妖怪の始末を彼らにまかせておったのじゃ。ところが、そうして橋屋の名を借りて海の治安をあずかるうちに所持戦力をどんどん増幅させていきよって、いつのまにか東日本の制海権を握る巨大な海賊衆に成りあがった」

「東日本のって、かなりのひろさよね」

「小さな海賊をいくつも吸収して、総大将がそれらを組織的に統率しているようなかたちじゃな。……で、近年になって海妖怪が沿岸部を荒らす事件が増えてきたので、お上が海上監視の関方《せきがた》を設《もう》けるから手を貸してくれと申し出たところ、如月水軍の総大将ときたら傲慢《ごうまん》にも陸《おか》に給地を与えてくれるなら応じてやると返してきたのじゃ」

「給地を……？　そんなの無理だわ。裏町の土地は橘屋の自由にはならないもの」

「そう。はじめからわかっていて無理な要求を押しつけた」

「橘屋《うち》に従属する気などないということ？」

「うむ。橘屋の名のおかげで大きくなれたのに恩知らずな話じゃろ。しかしいまや如月水軍の協力なくして海を御《ぎょ》することはかなわぬ。結局、お上の関方設置計画も暗礁《あんしょう》に乗りあげたままじゃ」

「それでお上と大将のあいだに不和が生じてしまったのね」

そんないきさつがあったとは意外だった。

「花街《はなまち》でひいきの芸妓《げいぎ》を取りあったのが原因という噂《うわさ》もあるがな」

ハツは声をひそめてつけ加えてからコホンと咳払《せきばら》いをし、

「まあ、いまのところ表だった事件もなく海の秩序《ちつじょ》もほどほどに保たれておる。彼らも海上の見張りや警固は自分たちのためにも続けるが、陸の権力には屈服しないという姿勢なのじゃろうて」

独立自尊を貫《つらぬ》く、いかにも海賊らしい心意気だと美咲は息をつく。

「この子はどうしようかしら。いくら不仲の如月水軍の子でも、見捨てるわけにはいかないわ」

美咲はグラスに残った氷を、口に出し入れして遊んでいる男の子のほうを見やる。

「うむ。子ノ分店の店員に連絡をして、その水軍の父親に迎えに来てもらうよう話を取りつけるしかあるまいな」

ハツも男の子の顔をじっと眺めながらそう言った。どういう経緯《けいい》で大磯に流れ着いたのかは謎だが、たしかにそうする以外にこの幼い子妖怪の処遇は思いつかない。

なにやら事件の匂《にお》いを感じつつも、美咲はすぐに子ノ分店の那智に事情を説明して相談してみることにした。

『ええっ、その子、いまはどうしてる？　元気なの？　泣いたりしてない？』

子ノ分店に電話を入れると、おりよく那智が出た。彼女のはきはきとした明るい喋り声をなつかしく感じながら挨拶《あいさつ》をかわし、その後、件《くだん》の男の息子を保護したことを告げたところ、思いのほか切羽《せっぱ》詰まった返事が返ってきたのだった。

「うーん、原因はわからないんだけど、ちょっと口がきけないみたいなの。見たところは元気そうなんだけど……」

美咲が紙に落書きをして遊んでいる男の子を見ながら言うと、那智は心底ほっとしたようすで驚きの事実を告げてきた。

『よかった。実は、その子、あたしの子なんだよ』

「ええええっ？」

美咲は電話口で思わず頓狂《とんきょう》な声をあげてしまった。男の子がぎょっとしてこっちをふり返る。

「那智さんの子？　まって、じゃあ那智さんとあの如月水軍の人は夫婦？」

『まさか。……一夜の過《あやま》ちなの。あんな暑苦しい海の男に抱かれるんじゃなかったってずっと後悔してるんだ』

那智は後悔を滲《にじ》ませて言うが、言葉ほど深刻な感じの声音《こわね》でもなかった。

美咲は如月水軍の男の容貌《ようぼう》をもう一度よく思い出してみた。

がらっぱちな彼の人柄《ひとがら》は、さばさばした那智ならつきあっていけそうだが、外見的に、日に焼けて健康そうな彼と、雪妖《ゆきよう》で透けるように白い肌の那智とは実に対照的で、ふたりがならぶとちぐはぐな感じがした。

「あの人はなんの妖怪なの？」

『海に腐《くさ》るほどいる海坊主《うみぼうず》よ。生まれた子ははじめから彼が引き取ることになってたんだけど、いざ産んだらちょっとかわいくて、忘れられないんだよね』

那智は名残惜《なごりお》しそうに言って、ふふ、と笑う。

(ふたりの子だったなんて思ってもみなかった……)

美咲は驚愕《きょうがく》のまなざしで男の子のほうを見つめる。男の子の名は颯太《そうた》というらしい。異種族のあいだに生まれる妖怪は、たいていどちらか一方の姿かたちを受け継ぐから、父親似らしい颯太には雪妖らしい特徴は見られない。

那智はそんなに大事な息子を、なぜ自分のもとに引き取らなかったのだろうという疑問も生じた。

那智は続けた。

『おとといの夕方にね、鳥羽《とば》の港の飯場《はんば》で颯太が行方《ゆくえ》不明になったから、いまは人をつかって捜してるんだって士榔《しろう》から知らせがきたの。もしかしておまえのところにいるんじゃないかって。……だからずっと不安だったのよ』

あの男は士榔というらしい。

「そうだったの。颯太くんはだれかに誘拐《ゆうかい》でもされたってこと?」

単にはぐれただけなのなら、浜にうちあげられなどしないはずだ。

『わからない。でも見つかってよかったわ。士榔はいま船を出しているだろうから、途中に大磯の港によって颯太を引き取るように伝えておくわ。それまでは、そっちであずかってもらっていいかな』

「わかりました」

遠野では世話になったことだし、美咲はこころよく承諾《しょうだく》した。

『ありがとう。面倒かけて悪いね。……それでね、美咲ちゃん、もうひとつ頼みごとがあるの。その子がさみしそうにしていたら、あたしの代わりに抱きしめてあげてくれない？』

ふと、那智の声がしんみりとしたものになる。

「抱きしめて……？」

『うん。あたしは雪妖だから体が冷たいでしょ。でも颯太は士榔に似たらしくって、その冷たさに耐性がなくて、赤ん坊のころからあたしが抱っこするたびに大泣きでさ。やっぱりおまえが育てるのは無理だってことになって、ほとんど抱いてあげることができないまま士榔の船に乗ることになったの。水軍なんてむさい男所帯で、きっと優しく抱きしめてくれる相手なんかいなかったから、颯太はさみしい思いをしてると思うんだ。だから、いまだけわたしの代わりになってかわいがってあげて』

たしかに雪妖の肌は冷たい。肌の温度差。それが、那智が颯太を育てることをあきらめて、彼を士榔にゆだねたいちばんの理由だったのか――。

「わかったわ、那智さん」

美咲は強く頷いた。母親のやわらかなぬくもりを知らずに育ったなんて気の毒だ。自分で代わりが務まるのなら、ぜひとも力になりたいと思った。

那智に別れを告げて電話を切ったあと、美咲は颯太にむきなおった。

「よし。近いうちに、きみのお父さんが港に迎えをよこしてくれるって。それまではうちで仲良く暮らしましょ、颯太くん」

美咲は、紙にクレヨンでぐるぐると丸を描いて遊んでいる颯太にむかってにっこりとほほえんだ。

2

その翌日、美咲は午《ひる》すぎには家を出て〈御所《ごしょ》〉にむかっていた。

月に一度の店主が集《つど》う会合が開かれるので、それに出席するためだ。そのあいだの颯太《そうた》のお守《も》りはハツにお願いした。

今回まではハツの代理だが、来月――九月の会合には正式に襲名披露《しゅうめいひろう》をして家督《かとく》を譲《ゆず》るつもりでいるのだとハツから告げられた。それまでにはお上《かみ》に挨拶《あいさつ》もすませ、弘人《ひろと》と夫婦になったこともお披露目することになるのだろう。これまでなんとなく任《まか》された跡取りの仕事をこなしてきたが、いよいよ店の名を自分の肩に背負うことになるので、おのずと身が引き締まる思いだった。

会合は夕刻からだが、今日こそは〈御所〉に戻るであろう弘人に会うために、早めに家を出た。

（隠り世《かくよ》も暑いわね……）

といっても裏町は現《うつ》し世《よ》ほど気温が高くない。コンクリートで舗装《ほそう》されている部分がなく、熱が地中に吸収されてゆくし、昔のように緑が多いからだ。それでも日差しはそれなりに強いから、ずっと歩いていれば背中には熱がこもる。

〈御所〉に着くと、女官《にょかん》が冷えた麦茶を出してくれた。それを飲んでひと休みしてから、弘人が暮らしているはずの本殿のほうへとむかった。

玉砂利《たまじゃり》を踏みしめながら手入れのゆきとどいた庭を横切って、弘人のいる部屋を捜し歩く。本人には無断で本殿のほうに入り込んできたために、なんとなく広庇《ひろひさし》からいくらかの距離をおいて部屋の中をうかがった。

どの座敷も異様にひろいが調度らしいものは見られず、無人のがらんどうだ。使われているのかどうかが疑問なくらい、埃《ほこり》ひとつ落ちていない。

三つめの部屋にたどり着いた美咲《みさき》ははっと息を呑《の》んだ。

その畳《たたみ》の間《ま》に弘人の姿があった。けれど、ひとりではなかった。綺蓉《きよう》に着つけをしてもらっているのだ。

（着替えの最中……）

弘人は着つけや身のまわりのことは、自分ひとりでそつなくこなす男のはずだが、なぜかそれを綺蓉がかいがいしく手伝っている。〈御所〉では、こんなふうに女官たちにかしずかれて暮らしているのだろうか。

綺蓉の手が弘人の角帯《かくおび》を貝の口にしめる。

弘人のほうも、そうされることに慣れているようすで、おとなしく彼女のすることを見守っている。

無言なのに、まるで言葉を交《か》わしながらそれがなされているかのように自然な眺めだ。お互い、気兼ねというものがまったくないふうに見える。まるで長年連れ添った夫婦のように。

美咲は複雑な気持ちになる。

（綺蓉……）

ひさしぶりに見る綺蓉は、淡《あわ》い黄色に花草紋様がうっすらと描かれた控《ひか》えめな風合いの着物に身を包んでいる。彼女の印象はしとやかの一言に尽きる。実体は弘人とおなじ鵺《ぬえ》なのだが、人型をとっているいまは、でばったところのない、大和撫子《やまとなでしこ》というのにふさわしい女性だ。

弘人のほうは、あいかわらず着流し姿がよく似合う。藍色《あいいろ》の夏らしい絽《ろ》の単衣《ひとえ》は彼の端正な顔立ちをより凛々《りり》しくひきたてている。

最後にもう一度、綺蓉が弘人の襟元《えりもと》を正す。その一瞬、ふたりの距離が近づいて、美咲はどきりとする。

綺蓉が弘人になにごとか告げる。おそらく、「終わりました」というような意味あいのことを。すると礼を示すように弘人がほほえみ、それを受けた綺蓉がやんわりとほほえみ返す。静かだが、終始息のあったやりとりだ。

弘人が綺蓉にもあんなに優しい顔を見せるのだということを、美咲はこのときはじめて知った。自分にだけ特別に見せてくれるものなのだと勝手に思い込んでいたけれど、そうではなかった。

綺蓉が座って弘人の脱いだ浴衣《ゆかた》をたたみはじめ、ふたりははなれた。

美咲はなんとなく彼らに声をかけることができず、気づかれる前にそのまま踵《きびす》を返していた。

（どうしてだろ……）

弘人に会いたくて早めにここへ来たはずのに、なぜ自分は本人に声もかけないで引き返しているのだろう。

すこし前に電話で弘人の声を聞いたときはとくになにも感じなかったのに。とつぜん彼が、自分とはなんの関係もない遠い人になってしまったような錯覚《さっかく》にみまわれた。

ひと月もはなれて暮らしていたせいかもしれない。きのう別れた相手なら、あんな状況でも陽気にあいさつをしながら割り込んでいけたような気がする。

（遠距離恋愛でだめになるようなふたりは、結婚してもうまくいかないんだって聞いたことある……）

美咲はざわざわと騒ぐ胸をそっと押さえた。なにか自分の中に黒い感情が生まれ、いやな気持ちになっているのがはっきりとわかった。けれど、それにとらわれるのもやはりいやで、できるだけ悪いことは考えないよう、さきほどのふたりを頭から締め出した。

その後、美咲はすることもなくて、ひとり閻魔帳《えんまちょう》のある書庫にむかった。

どのみち弘人が不在だったら、ここで過去に起きた事件でも読んで妖怪についてのあれこれを勉強するつもりだった。

書庫内は、こもりきりの湿気を含んだ空気と古い紙の匂《にお》いで満ちていた。ひと気《け》のない図書館にいるような心地だ。書架《しょか》にぐるりと囲まれた真ん中の文机《ふづくえ》に座って、てきとうに抜き取った本区界の閻魔帳を見ていると、

「あら、美咲さんじゃないの」

聞きおぼえのある高めで通りのよい女の声が耳をうって、美咲ははっと顔をあげた。

美咲とおなじく橘屋《たちばなや》のお仕着せに身を包んだ、縦《たて》ロールの髪が華やかな美少女が戸口に立っていた。中《さる》ノ分店の藤堂静花《とうどうしずか》である。

「静香さん……」

彼女も会合に顔を出すためにここへ来たのだろう。

「おひさしぶりね。お元気にしてた？　今日はおばあちゃまは一緒ではないの？」

静花は書庫に入ってきながらたずねる。彼女と会うのは、天狗《てんぐ》の郷《さと》から帰った日の夜以来だ。

「ええ。もうそろそろひとりで行ってこいって」

「そう。ちょうどよかったわ。わたくし、美咲さんに事件絡《がら》みでお話がありましたの」

「事件？」

美咲がけげんそうに眉《まゆ》をあげると、静花は「あ」と思い出したような顔をした。

「それより、弘人様がここしばらくずっと里帰りなさっているとうかがったのだけれど、ほんとうなの？」

「え、ええ……」

美咲は引きずられるようにさきほどのことを思い出し、急に顔を曇《くも》らせる。

「新婚一カ月で別居なんて嘆《なげ》かわしいわ。いったいなにがあったというの？　せっかくわたくしが潔《いさぎよ》く身を引いてさしあげたのに、もう破綻《はたん》するなんて信じられなくってよ」

静花は長い睫《まつげ》に縁《ふち》どられた大きな瞳《ひとみ》を見開いて美咲のとなりに腰をかける。あてこすりを言っているのではなく、純粋に別居の理由を知りたがっているふうだった。言いたいことをずけずけと言うが、嫌味になりきらないところがこの少女の不思議なところだ。

静花は弘人の選択によってたしかに潔く身を引いてくれた。失恋の痛みがいかばかりかは本人ではないからわからないが、最後に会ったときの彼女が傷心《しょうしん》の状態だったことは一目瞭然《いちもくりょうぜん》だった。その後、時間が流れ、心の整理もついたのか。あるいは弘人の読みどおり、もともと彼女の中にあったのが恋の感情ではなかったのか、いまの静花の中に、未練とおぼしき感情はほとんど見いだすことはできない。

静花に興味津々《しんしん》のまなざしでせがまれて、美咲は記憶を盗《と》られた自分と弘人のあいだに起きたことの顚末《てんまつ》と、それによって浮き彫りになったあるひとつの疑問を、だれかに聞いてもらいたいと感じていることに気づいた。

「話すと長くなるんだけど……」

「かまわないわ。会合まではまだまだ時間があるし」

静花が聞く気満々でふわりと巻き髪を耳にかけたので、美咲はまず、遠野《とおの》での出来事を話して聞かせた。『高天原《たかまがはら》』の事件がきっかけで記憶を盗られて、遠野へ行ったこと。そこで敵に〈惑《まど》イ草《ぐさ》〉中毒にさせられ、弘人に中和してもらったこと。その折に手荒なマネをしたことについて、彼は自分を助けたというよりも傷つけたのだと決めつけ、自責の念にかられて鍛錬《たんれん》に励んでいるのだということ――。

するとと静花は、

「まあ、さすがは弘人様。自分の弱さを認めて克服しようとなさっているのね。あいかわらず素敵な心意気じゃないのっ」

静花は手をあわせ、ハッとおなじようなことを言って感嘆《かんたん》した。

美咲は手元の閻魔帳をぱらぱらと無造作に繰《く》りながら続けた。

「遠野で敵の雪妖《ゆきよう》に言われたの。ヒロがあたしと結婚するのは、橘屋が天狐《てんこ》の血脈《けつみゃく》を戦力のひとつとして確保しておくためだからなんだって。……そうなると、ヒロがあたしを選んだほんとうの理由がなんなのかわからなくなるの」

訥々《とつとつ》と、美咲は悩みをこぼす。具体的な理由を、これまで聞いたことがなかった。守りたい、そばにいたいという気持ちはたくさん伝えてもらったけれど。それすらも、天狐の血脈欲しさに生まれた感情なのだとしたら――。

「まあ、美咲さんたら、なにをいまさらとんちきな質問をしているの。それじゃあまるで弘人様がまちがったことをしているみたいに聞こえるわ。橘屋が天狐の血を手放したくないのなんて当たり前よ。たとえそれが目的であっても、選ばれたからにはそのお役目を立派に果たせばいいのよ。昔の姫君は、みな政治の道具になって愛してもいない殿方と添《そ》い遂《と》げたじゃない。それとおなじよ。少なくとも美咲さん自身は弘人様を想《おも》っているのだから、それだけでも十分に幸せだわ」

あいかわらず静花はあけすけだが逞《たくま》しい意見をくれる。

「わたくしが潔く身を引いたからには、あなた方には幸せになっていただかないと困るわ。わたくしは弘人様が美咲さんをお選びになった現実を、弘人様のためにおとなしく受け入れましたわよ。ちょっと時間もかかったし悔《くや》し泣きもしたし、パパなんてショックで熱を出したけれども。……だから美咲さんも、弘人様があなたをお選びになった理由が、天狐の血脈にあろうが、その一見ふつうだけれどよく見たらかわいらしいお顔にあろうが、目をつぶっておとなしく受け入れなくてはだめよ。弘人様のためにっ」

「静花さん……」

美咲は、静花のその熱の込もったまなざしに見とれる。

この少女もまた、本家の者に対して恭順《きょうじゅん》であらねばならないとしつけられて育ったがゆえに、彼らの意思や選択を、無意識のうちに難なく受け入れている。ハツにもそういうところがある。本家に逆らったり、意見することはまずないし、弘人のことも常に立てている。

自分もそんな組織に生きる者のひとりで、弘人との結婚もその中で成り立っているものなのだとしたら、ふたりの仲に恋愛感情など期待して浮かれていてはいけないのかもしれない。店を守ることを第一に考えなければ。

静花の言うとおり、たとえ天狐の血脈が目的なのだとしても、選ばれたことにはかわりないのだから素直に喜べばいい。その理由までを自分の理想とあわせようとするほうが贅沢《ぜいたく》というものなのだ。

（一緒にいられるのだから……）

美咲は一抹《いちまつ》のむなしさをおぼえながらも、むりやり自分にそう言い聞かせて、気持ちを切り替えることにした。

「ありがとう、静花さん。なんだかちょっと元気が出てきた」

実際、静花の華やかな顔を見て話しているうちに、いくらか心は軽くなっていた。

「そう。よかったわ。ではさっそくパーッと海にでも繰り出しましょう」

「え？　海？」

とつぜんの誘い文句に美咲は面食らった。

「そうよ。実は申《さる》ノ分店《ぶんてん》に、海で人を襲っている妖怪を見たという妙なタレこみがありましたの」

静花は肩にかかった雅《みやび》な縦ロールの髪をうしろにはらって姿勢を正す。

「海で人を？」

「ええ。現し世の大磯《おおいそ》の海で磯遊びをしていた、うちの区界内に棲《す》んでいる妖怪が届け出てきたの。沖で遊んでいた若い娘ふたりが、潜《もぐ》ったきり戻らなかったそうよ。現し世では単なる海難事故で片づけられてしまっているのだけど、竜宮島《りゅうぐうとう》で人身売買が行われているらしいという噂《うわさ》もあって、襲われた人間はそこに連れていかれたのではないかとその妖怪は言っていましたわ」

いきなり人身売買などという物騒《ぶっそう》な言葉が出てきて、美咲は身構えた。

「大磯……って、うちの区界よね」

七日後に如月《きさらぎ》水軍に颯太《そうた》を引き渡すことになっている場所だ。あのあと那智《なち》から折り返し連絡があってそういうことになった。

「竜宮島というのはどこのこと？」

浦島太郎を思わせる島の名に、美咲は小首を傾《かし》げる。

「東京の沖にある瓢箪型《ひょうたんがた》の島よ。現し世の地図にはないわね。隠り世では商船が寄港するために娯楽で栄えている『海の駅』のひとつですの。海の事件は、基本的に受けつけた分店が始末することになっているから、今回はわたくし申ノ分店扱いになるわ。でも海は勝手がきかなくてわたくしひとりでは心もとないので、美咲さんにも協力していただこうと思って……」

そういえば、さきほど美咲に話があると静花は言っていた。

美咲は言った。

「大磯なら、ちょうど七日後に用事があるから、そのときに一緒に調査しに行ってもいいわ。如月水軍に頼んで島まで運んでもらうって手もあるかも」

「如月水軍？　あの横暴な海賊衆のことですの？　わたくしも名前だけしか聞いたことはないのだけれど、以前、お上と揉《も》めたことがあるとか……」

静花はやや不安げに柳眉《りゅうび》をひそめる。

「あそこの一員の息子を、いまうちであずかってるの。大磯の浜で気を失っているのを見つけた妖怪がうちの店に連れてきて……」

美咲は颯太を今野家《こんのけ》に置くことになった経緯《いきさつ》を、彼が遠野で会った男の息子だったことや、口がきけないことなども含めて静花に話して聞かせた。

「まあ、でもなぜその坊やは溺《おぼ》れていたのかしら。なにか事件？」

「わからないわ。どういういきさつでそうなったのかは謎なの……」

誘拐《ゆうかい》された可能性が高いが、真相はわからない。本人さえ喋《しゃべ》れるようになれば、すべてわかるのだが、なんともはがゆいところだ。

「士郷《しろう》さんは悪い人には見えなかったけど、如月水軍が人攫《ひとさら》いの事件にかかわっている可能性もあるから、彼らに島まで乗せていってもらうにしても、観光目的と言っておいたほうがよさそうね」

美咲はいろいろな可能性を考えて言う。

「ええ。海賊の船に乗るなんて、ちょっと怖いような気もしますけど。それにむこうだって橘屋のことをよいふうには思っていないでしょうし」

「うーん、颯太のことがあるからいけると思うけど、どうかな」

恩を売るつもりで颯太のお守りをしているわけでもないのだが。

竜宮島へ出ている船の定期便というのはないらしいので、行くとしたらだれかの船に便乗するしか手段はない。なんとか彼らに応じてもらいたいところだ。

その後、美咲は、静花と閻魔帳を繰りながら海妖怪にかかわる事件のあれこれを調べた。

竜宮島で事件となれば、敵は海妖怪である確率が高い。

海はひろく、計り知れない面をもっている。もし海中で戦闘になった場合、妖力《ようりき》のせめぎあいに加えてこちらには水の負担がかかるから非常に不利である。人攫いが事実なら、心してかからねばならないと美咲は気を引きしめた。

3

日はすっかり落ち、あたりが闇《やみ》に包まれて暑さも和《やわ》らいだころ。

美咲《みさき》は、静花《しずか》とともに会合が開かれる大広間にいた。

四十畳《じょう》のひろい座敷に分店の店主十二人と技術集団の面子《メンツ》がそろう。

美咲は、自分よりも先に席についていた弘人《ひろと》のほうをちらと見る。目があうまえにそらしてしまったから、彼がこっちを見たかどうかはわからない。

上座《かみざ》に座ったお上《かみ》がおきまりの口上《こうじょう》を述《の》べ終えると、いつものように霊酒《れいしゅ》や肴《さかな》が運び込まれてにぎやかな宴会となった。ここで最近起きた事件のあれこれや、区界内の情報を取り交《か》わすのが恒例だ。

乾杯がすむと、となりの席の静花が、早々に卯《う》ノ分店《ぶんてん》のおやじにつかまって酒を注《つ》げと迫られた。美咲が弘人のほうへ行こうかどうしようか迷っていると、彼のほうから、酒に手をつけることなく席をたって美咲のほうへやってきた。

「来いよ」

流し目をくれながらひとことそう告げると、座敷を出て広庇《ひろひさし》のほうへとむかう。

美咲は呼ばれるままに立ちあがり、彼を追った。


「ひさしぶり」

美咲が広庇に出るのをまって、弘人は言った。

「ひさしぶり……元気そうね」

美咲は硬い声で返した。

「ああ。おまえも、元気そうでよかった」

弘人はそう言ってすこし口元をゆるめる。それからちらと賑《にぎ》わいはじめた座敷のほうを見やってから、人目を気にしてか裏庭に面した渡殿《わたどの》のほうへ歩いてゆく。

「どこへ行くの？」

「夜の蟬《せみ》を見よう。おいで」

「夜の蟬……」

そういえば、日暮れからずっと耳に響いている蟲《むし》の声がある。現《うつ》し世《よ》のひぐらしに似た鳴き声だ。

美咲は弘人のあとを歩きながら、なぜか自分がひどく緊張していることに気づく。

ひと気《け》のない裏庭に面した渡殿にたどりつくと、弘人は足をとめて美咲をふり返った。

密度の濃い夜気の中、あたりの樹木からカナカナカナカナ……と鳴き声が耳にふってくる。異界にしか生息していない種《しゅ》の夜通し鳴く蟬だ。物悲しいような、なにかの終わりを告げるかのような。

「すごい蟬しぐれ……」

聴覚が麻痺《まひ》しそうな感じがして、美咲は思わずつぶやく。

「ああ。寿命《じゅみょう》が短いから懸命《けんめい》に鳴くんだよ。ほら、あそこだ」

弘人は闇《やみ》に鬱蒼《うっそう》と茂る木々の梢《こずえ》に、ぼうっと光る蟲がいることを指さして教えてくれる。

夜光虫のようなほの青い光だ。それが呼吸しているかのようにゆっくりと明滅《めいめつ》をくりかえしている。夜目のきかない美咲にはわからないが、蟬とおなじくらいの大きさで、尻《しり》の部分があして青く光るのだという。隠《かく》り世《よ》にはこんな光り方をする生き物が圧倒的に多い。

「巨大な蛍《ほたる》みたいね」

「あんな、あたたかみのある光の色ではないんだけどな。きれいだろ」

夏になったら一緒に見るつもりだったのだと弘人は言う。

現し世で育った美咲は、異界の夏をあまり知らない。この蟲も、鳴き声を聞いた記憶はあるけれど姿を見たのははじめてだった。

弘人はときどきこうして隠り世のことを教える。現し世の知識を、こっちのものに塗り替えるかのように。自分がすこしずつ彼に染められていくこの感じが、嫌いではないと美咲は思う。

美咲はその鳴き声を耳にしながら、そっと弘人の横顔を見つめる。

態度は変わらないのに、彼のまとう印象がこれまでとすこしちがう。かすかに野性的なものをおびて、まるで酒に酔ったときや、雷神を呼び込むときに見られる人ならぬ妖《あや》しさがそこはかとなく漂っている。自分を緊張させているのは、会えなかった時間に加えて、この変化のせいなのではないか。

「ずっと、山の中で体を鍛《きた》えていたの？」

たずねると、弘人の視線が美咲に戻る。翡翠色《ひすいいろ》の目とぶつかって、胸が高鳴る。

「そうだよ。ときどきここに戻ることもあったけどな」

「そう。たしかに……ちょっと変わったみたい」

「どんなふうに？」

「なんだか野生児みたいな感じが加わったわ、ほんのすこし」

「そうか？　こっちですごす時間が多いせいかもな。最近現し世には行ってないんだ。食事も、もうずっとこっちの物しかとってないし」

そう言って淡くほほえむ。現し世のものばかり食べてむこうで暮らしていると妖力《ようりき》が弱まるらしいが、その逆の現象なのだろう。これが、ほんとうの弘人ということになる。

「おまえも夏休みだろう。毎日なにしてるんだ？」

「え、ええと……」

「どうせアイス食って居間でごろごろしてるだけなんだろ」

たしかに、毎日暑すぎてなにもする気になれず、昼間はごろごろしている。

「あ、今朝、海妖怪の子を保護したわ。颯太《そうた》っていうの。海坊主《うみぼうず》と雪女のあいだに生まれた子で、遠野《とおの》で一度会ったことがある子なんだけどね――」

美咲は颯太をあずかることになった経緯《いきさつ》を手短に話す。

話し終えてしまうと、それきり会話がとぎれて沈黙が落ちた。

蟲の鳴き声だけが耳に響いて、鼓膜《こまく》を震わせる。

美咲は身をかたくした。なにか話さなくちゃ。そう思うのに、言葉がでてこない。相手はついこの前までひとつ屋根の下で暮らしていた男なのに。

会わない時間が長すぎたのだろうか。弘人が異界の住人であることを、こんなにも強く意識させられるのはいつぶりだろう。美咲は妙な焦《あせ》りを抑《おさ》えるために、これは素面《しらふ》の弘人なのだと頭の中で何度も言い聞かせた。

美咲がなにも言わないので、弘人は探るような眼《め》でじっとこちらを見つめてくる。

ゆれる気持ちを読まれぬよう、美咲はあいかけた目を思わずそむけた。

「どうしたんだよ。おれを見ろ」

翡翠色の目でのぞきこまれ、胸が苦しくなる。暗がりで、妖しいまでに美しくひらめく双眸《そうぼう》。

遠野で垣間見《かいまみ》た彼の本性は、抗《あらが》いきれぬ激しさと獰猛《どうもう》さをはらんでいた。それは、弘人が橘屋《たちばなや》のために、自分に天狐《てんこ》の血を求めているからなのだろうか。この男が見ているのは、美咲というひとりの少女ではなく、橘屋を守る子を産むための道具――……そこまで考えて美咲は、疑惑を抱いているのを弘人に読まれていることに気づく。

「美咲……」

いまなにを考えているのだと、口には出さずにその瞳《ひとみ》が問いかけてくる。

もし不安を口にしたら、弘人はどんな顔をするだろう。つまらぬ邪推《じゃすい》だと笑うだろうか。それとも、正直に真実を告げるだろうか。優しい気休めを言って、答えをはぐらかすような人ではないから覚悟がいる。傷つくのが怖いから、いまはまだ、本人にそれをたしかめることはできない。

「あの……、帰ってきてほしいのよ。うちに」

彼に悪い隠し事でもしているような気になってきて、美咲は思わずまったくべつなことを口走った。ずっと頭のどこかにあった、単純な願望だ。

弘人の目が、かすかにさざめきゆれる。

「おれがいなくて、さみしかったか?」

「そりゃあ、ちょっとは……」

ほんとうは、たくさんだけど。そこまで素直になることもできずに美咲は言いよどむ。

「そうか。すまない」

弘人はそのまま美咲の瞳をじっと見つめ続ける。さみしさだけではない。彼女がなにかべつのことにも思い悩んでいるのを見抜いて、それがなんであるかを知るために。

（鋭い人……）

散々放っておいたくせに、会えばすぐにこっちのすべてを掌握《しょうあく》しようとする。その身勝手さが、迷惑ながらもいまは心地よいと思ってしまう。無関心で放置されるより、ずっといい。

けれど、不安の内容までは彼にはわからないだろう。いまさら、自分がこんなことにこだわっているなんてまさか思いつかないにちがいない。

ふいに弘人の手がのびて、つかんだ二の腕を引きよせる。

彼からは、ほのかに上品な白檀《びゃくだん》の香りがする。春にここの風呂《ふろ》を借りたとき、おなじ香りがした。湯水に香《こう》が溶かしてあるのだろう。

弘人がそっと顔をよせてきて、気持ちをたしかめるように口づけを迫る。

美咲は身をこわばらせた。素直に応じるのにはなにか抵抗があって、無意識のうちに唇《くちびる》をひきむすんでいた。理由を探られるだろうか。それなら不安を押し殺して彼に身をまかせたほうがいいか――。

けれどそうして迷っているうちに、唇は塞《ふさ》がれた。

口先が触れあうだけのあやすような軽い口づけに、美咲の体はほっとゆるんだ。

ところが優しいのはほんのはじめのうちだけだった。ひとたび気を許して隙《すき》を与えると、まっていたかのように熱い舌が唇を割って入ってくる。

美咲はどきりとして思わず顔をそむけようとしたが、さりげなく彼の手が頬《ほお》にのびて、ただちに阻止《そし》されてしまった。

(素面《しらふ》のはずなのに……)

会えなかった時間を埋めるかのような激しくて深い口づけに、鼓動《こどう》が乱れた。

弘人は、言葉よりも態度で示してくることが多い。それに翻弄《ほんろう》され、流される自分が、怖くもあるし心地よくもある。

「まって」

ひさしぶりの口づけに胸がいっぱいになり、美咲は顎《あご》をひいて声をもらすが、

「いやだ」

じきに弘人がそれを追ってきて、ふたたび塞がれてしまう。

頬にあった手はうなじをつたって背中にすべり、抱きしめる腕にいっそうの力がこもる。

やっぱり、不安を読まれているのだ。こんなにも強引に攻め立ててくるのだもの。

耳の奥に、蟬の鳴き声が絶え間なく響く。唇をとおして伝わる熱にからだが反応して、細帯を締めている部分がじっとりと汗ばんでくる。

出会ってから、これで何度目の口づけになるのだろう。交《か》わすたびに愛《いと》おしさが増す。このまま、溺《おぼ》れそうになるくらいに。

自分が道具だという疑惑は晴れない。けれど、こうしてこの男とじかに触れあっている限りは、なにも悩む必要などないのだと思えてくる。少なくともこの瞬間だけは、深い愛情のなかにいるのだと夢を見られる。

浮世の悩みを遠ざける甘いめまいにおそわれ、美咲は弘人に身をゆだねようとからだの力を抜いた。

と、そのとき。

「弘人様」

蟬の鳴き声を縫《ぬ》って、若い女の声が美咲の耳に届いた。

弘人が口づけを中断した。

「綺蓉《きよう》か……。どうした？」

焦《あせ》りも、あわてもせず、弘人は美咲を抱いたまま、ゆっくりと彼女をふり返る。

一間《いっけん》ほどはなれたところに、いつのまにか綺蓉が膝《ひざ》をついて座っていた。

「丑《うし》ノ分店様がお捜しでございます」

綺蓉は面《おもて》を伏せたまま、静かに告げる。美咲はどきりとした。

(綺蓉に見られていた……)

だれかの目があるのにも気づかないで口づけに没頭《ぼっとう》していたのだ。羞恥《しゅうち》にかられて、美咲は綺蓉から顔をそむけた。

「そうか」

弘人は見られたことに対していささかも動じないで平然と応じる。酩酊《めいてい》していればひと目など気にしない男だが、素面でも、こと綺蓉のまえでは開放的な印象がある。

既視感《きしかん》をおぼえた。こんなことが、春にもあった。まだ、弘人とそれほど深い仲ではなかったころに。

桜の花びらが散っていて、あのとき、自分たちの唇は重ならなかった。彼女が弘人を呼びとめたために。あるいは、ふたりがまだそれほど心を通わせていなかったために。

美咲は綺蓉の目が気になって、弘人からはなれた。

「おまえ、今夜どうする。このままこっちに泊まるか？」

弘人が美咲にむきなおって他意のない口調で問う。

「ううん、十二時前には家に帰る」

「そうなのか。ゆっくりしていけばいいのに」

「颯太《そうた》の面倒をみなくちゃいけないから」

「ああ、そうか。……とりあえず、座敷に戻ろう」

そうだった。会合ははじまったばかりだ。

弘人に促《うなが》されて、美咲は表座敷の方へとむかいはじめる。

綺蓉は膝を折ったまま、黙ってそれを見守っている。

いまの自分たちを見て、彼女はなにを思っただろう。なぜかふしだらな行為をしていたような罪悪感さえおぼえて、美咲はたったいま弘人と触れあっていた唇を悔《く》やむように軽く噛《か》んだ。

蟬しぐれの中を、無言のまま行きすぎる。美咲は気まずさと恥ずかしさのあまり、最後まで彼女の顔を見ることができない。

だから、綺蓉の瞳がゆっくりと翳《かげ》ってゆくのにも、まったく気づかなかった。

第二章　高札場《こうさつば》の血文字

1

翌日。

弘人《ひろと》は、大江山《おおえやま》にある酒天童子《しゅてんどうじ》のもとへとむかっていた。

昨夜、彼のほうから、金を持参《じさん》して飲みに来いと誘いがあったのだ。このところずっと技術集団との手合わせばかりで根《こん》を詰《つ》めていたので、気分転換もかねて応じることにした。美咲《みさき》も帰ってきてほしいと訴えてきたし、大学の補講もはじまるからそろそろ現し世《うつしよ》にも戻らねばならない。ちょうど鍛錬《たんれん》を切りあげて酒を解禁にしようと考えていたところだ。

山裾《やますそ》にある酒天童子の住まいは、宇治《うじ》の平等院鳳凰堂《びょうどういんほうおうどう》を思わせる、左右に翼廊《よくろう》がのびた豪奢《ごうしゃ》で荘厳《そうごん》なたたずまいである。屋敷で彼と寝食《しんしょく》を共にするのは、おなじ鬼族の数人の手下と彼らの世話をする見目《みめ》の麗《うるわ》しい女たちだ。商才に長《た》け、親分肌で人望が厚い酒天童子は金回りがいい。手下どもをうまく動かして、土建業および人足派遣《はけん》で得た収入は惜しみなく酒と女につぎ込み、日々贅沢《ぜいたく》に暮らしている。

下働きの女に案内されて屋敷の一角にあるだだっ広い畳《たたみ》の間《ま》に行くと、いつものごとく派手な柄《がら》ゆきの単衣《ひとえ》を粋《いき》に着こなした酒天童子が、ほかの客人ふたりと真ん中に置かれた座卓ですでに酒を酌《く》み交《か》わしていた。

客人のうちの片方は雨女《あめおんな》だった。桔梗《ききょう》の柄の薄物に身を包んだ、涼やかながらも婀娜《あだ》っぽいいでたち。そしてもうひとり、そのむかいに、なんとなく見覚えのある人物がいた。

すっきりと通った鼻筋に、深い紫紺《しこん》の瞳《ひとみ》、眦《めじり》に入った朱色の刺青《いれずみ》とおぼしき目張りが瞳の色とあいまって印象的である。髪型は男っぽい短髪かと思えば、ひとつに束ねた髪が尻尾《しっぽ》のようにうしろに見え隠れしている。膝上丈《ひざうえたけ》の花喰鳥紋様《はなくいどりもんよう》の着物を細帯で締めただけの、なんともしどけないいでたちの女である。

「おっ、来たな、弘人」

女はふり返って戸口に弘人の姿をみとめると、嬉《うれ》しそうに破顔《はがん》した。女にしてはやや低く太い声をしている。一瞬男だったかと思って胸元に目をうつすが、そこには晒《さらし》に巻かれた胸がのぞいており、美咲程度の膨《ふく》らみはあるように見受けられた。

「おまえは……」

弘人が名を口にしようとすると、女の顔が期待に満ちる。

「――だれだっけ?」

酒天童子がむかいで盛大に酒を吹いた。

「てめっ、茨木童子《いばらきどうじ》様を忘れたのか」

弘人の反応に女が憤然《ふんぜん》と眦をつりあげる。

「茨木童子……」

現し世では酒天童子の一の子分として知られる鬼族の妖怪である。が、実際、子分だったのは遠い過去の話だ。

「ハハハ、無理もねえ、おまえたちは最後に会ってから十年以上たってんだからな」

酒天童子が豪快《ごうかい》に笑いながら言う。

「……ああ、そうだ。あんたは両性具有の茨木童子だ」

両性具有――この女は女であって、そうでない。それゆえにどっちつかずの独特の雰囲気《ふんいき》をまとっているのだ。

酒天童子が言うように、昔、この土地で、修行の最中にときどき顔をあわせた。ようやく記憶が繋《つな》がって、弘人は親しげに顔をほころばせた。

「ずいぶんひさしぶりだな。最後に会ったのはいつだった？」

となりに腰をおろしながら弘人は問う。

「おまえが七つくらいのときだったね」

茨木童子が弘人に猪口《ちょこ》をさしだして言う。

「そうか、だったら忘れてもおかしくないな。で、やっと出てこられたわけ？」

弘人は猪口を受けとりながら問う。記憶が正しければ、茨木童子は高野山《こうやさん》にて服役中のはずである。

高野山とは、罪を犯《おか》した妖怪たちが閉じ込められる隠《かく》り世《よ》の刑務所だ。

八葉《はちよう》の峰《みね》とよばれる山々に囲まれた広大な盆地には現在、およそ千体もの妖怪が収容されている。まわりは橘《たちばな》屋《や》の技術集団の妖力《ようりき》によって強い結界《けっかい》が張られているため、外部との接触はかなわない。しかしながら、現し世の刑務所のように朝から晩まで監視されて労働を強《し》いられるわけでもなく、模範囚に限っては比較的自由のきく状態で暮らしているので、内部には力の差による棲《す》み分けがなされたもうひとつの異界が形成されている。

「いや、こいつは仮出獄《かりしゅつごく》の身だ」

酒天童子が言う。茨木童子が弘人に酒を注《つ》ごうと銚子《ちょうし》を傾けるが、すでに空《から》だった。

「仮出獄……、なにも問題を起こさなかったらそのままこっちに出られるってやつか」

弘人はつぶやく。

隠り世の受刑者は、刑期の六分の五を模範囚で通せば、残りの刑期は高野山の外ですごすことが認められている。

「そうそう。まあどのみち刑期満了まであと二年くらいなんだけどね。今回は外の空気が恋しくなったから、おりこうにしてて早めに出てこようかなと思ったのさ」

茨木童子は高野山を我《わ》が家《や》と豪語《ごうご》する風変わりな妖怪で、罪を犯しては入り、刑期を終えてはまた悪さをして投獄され、をくりかえしている。現し世の刑務所であれば、再犯の場合、仮出獄は認められないが、こっちはそうでもない。

「やっと娑婆《しゃば》に身を落ちつける気になったそうよ」

雨女があたらしい銚子を茨木童子に手渡しながら言う。

「しばらくはお頭《かしら》のところに居候《いそうろう》するつもりなんだ。よろしくな。しかし、おまえ、大きくなったねえ、弘人。すっかり体も成長していい男になって」

茨木童子は、丈の短い裾《すそ》からのびたしなやかな脚《あし》をしどけなく組みなおすと、弘人に霊酒《れいしゅ》を注ぎながら艶《つや》っぽい目線をくれる。

「あんたは変わってないね、茨木童子」

茨木童子は昔の記憶のままだ。酒天童子とおなじく寿命《じゅみょう》が長い鬼族の妖怪だから、弘人がいつか死ぬときまで、おそらく彼に外見的な変化は見られないだろう。一見、華奢《きゃしゃ》だが、つくべき筋肉は完璧《かんぺき》なまでに美しい線を描いてついている。胸のふくらみをのぞけば、非常に均整《きんせい》のとれた体躯《たいく》である。

「はやく喰《く》いたいなあ、おまえの精気」

茨木童子は弘人の肩に肘《ひじ》をあずけ、ちらりと桃色の舌をのぞかせて言う。

ああ、これはたしかに茨木童子だ。このだらしなくて変態的な感じにはおぼえがあると弘人は思う。たしか七つのころ、気に入ったからツバつけておくとかなんとか言いながら無理やり口づけられた。

「もったいなくて、あんたにはやれないな」

弘人は茨木童子の腕をのけて、すげなく返す。茨木童子は房中術《ぼうちゅうじゅつ》によって相手の精気を自分の内に取り込む技をもっている。安易に身をまかせると、抜け殻《がら》になって再起不能になるのだ。

「ハハハ。こいつの相手は、地上の女がひとりもいなくなる日まで御免《ごめん》だな。それより悪い話だ」

酒天童子が切り出した。

「悪いのは聞きたくない。ひさしぶりの酒なのにやめてくれ」

酒がまずくなる、と弘人は座卓に肘をついて手で両耳をふさぐ。

「あら、ほんとうにお酒まで絶って修行をやりなおしてたわけ？　信じられないわ、この底なしの酒豪が」

酒天童子の横にいた雨女が意外そうに眉《まゆ》をあげる。

「破魔の爪《つめ》にやられたのがよほど応《こた》えたんだな。〈惑《まど》イ草《ぐさ》〉に侵《おか》された嫁に欲情した間抜けな自分を許せないらしい」

酒天童子が揶揄《やゆ》するように言って笑う。彼には一度、嵯峨《さが》の山で偶然会ったときに修行をしなおすことになった経緯《けいい》を話してある。

「あんときは、美咲がまとってた妖気が並じゃなかったんだよ。白い肌に紅花《べにばな》がこう、血のように降ってさ。夢みたいに綺麗《きれい》だったんだ。で、おれのものにならないのなら、いっそのことこの手で眠らせようかってくらいの危うい感じになった」

「それってむしろ健康な証拠じゃないの？　強い妖気を秘めた女が血みどろで誘ってきたならわたしでも燃えるわね。こっちは破魔の力で精神的にも参ってた状態なわけだし、もう不可抗力ってもんじゃない」

「あーほんとほんと」

雨女に続いて茨木童子が言う。

「いや、そういうのは現し世の住人から見たら病《や》んでるんだよ。あっちはべつに誘ってたわけじゃないしな」

弘人はきまじめに返す。

「まあ、許してもらえたんだからもういいじゃねえか。おかげさまで、おまえさんも修行に励めてさらに強くなれたんだろう？」

酒天童子がなだめるように言う。

「あいつの厚意に甘えるよりは、自分の誇りを持ちなおしたかった」

美咲は強かった。この先も、守っているつもりが、実は自分が守られているのでは格好がつかない。

「かっこいいこと言うねえヒロくん。おれ、惚《ほ》れなおしちゃった」

「いや、惚れなおさなくていい」

弘人は茨木童子の好意を冷静につっぱねる。

「しかし理性を失ったケダモノの暴行を許すなんて、あの娘、根っこの部分はあんがいこっちよりなのかもしれないわね。ただのネンネかと思ってたけど、なかなか豪胆《ごうたん》でいい女じゃない」

雨女はすこし見直したというふうに、ふふんと鼻をならす。

「あのさ、さらっとケダモノの暴行とか言うのやめてくれないか？　なんか耳が痛い」

弘人は片耳に指をつっこんでぼやく。

「初対面の印象からすると、二ノ姫はおまえが言うほどおれには脆《もろ》い女には見えなかったがな。まあ、育った環境が悪かったんだろう」

酒天童子が言う。十七年間はただの人間として現し世で暮らしたのだから無理もない。

「おれもはやく会いたいなあ、半妖怪の妖狐《ようこ》なんでしょ？」

茨木童子が指でつまんだ白魚《しらうお》を丸飲みしながら言う。

「そもそも女はみんな図太くて逞《たくま》しい生き物なのよ。これを機に思いきって尻《しり》にしかれたらどう？」

と雨女。

「いやだ。おれは攻めるのは好きだが、攻められるのは嫌いだ。強くてもあえて控《ひか》えめなのがいい」

「じゃあ、おれが思いきり攻めさせてあ・げ・る」

茨木童子が両手を後頭部にまわして服従を示し、しなをつくってみせる。

「遠慮しとく」

弘人は横をむく。

「……で、話は戻るがな、悪い話とは実はその二の姫のことだ」

酒天童子が話題をあらためる。

「美咲の？」

「ああ。茨木童子曰《いわ》く、高野山の高札場《こうさつば》に、ひさびさに血文字の声明文が貼《は》り出された。今回の標的は橘屋酉《とり》ノ分店《ぶんてん》の妖狐の娘だそうだ」

「なんだって？」

弘人は目を剝《む》いた。

「ほんとの話だぜ、ヒロ坊。まさかおまえの嫁だとは知らなかったから、酒天童子から聞いてびっくりだ」

茨木童子は言った。

高札場に貼られる血文字の声明文とは、囚人による娑婆の妖怪にむけての報復の予告状のようなものだ。

高札場は本来、橘屋が囚人に出すお触れのために設置されているものだが、そこを私物化して内部の妖怪たちに情報を流す。すると情報は、出所してゆく妖怪の口から娑婆にひろまる。今回の茨木童子がいい例だ。

貼り紙に血文字で名を書かれた人物の首をとって高野山へ入った者は、獄中では英雄扱いされ、金と地位を約束される。だから標的になった者は、高野山暮らしを好んで再犯をくり返すごろつきどもにつけ狙《ねら》われることになるのだ。

「比良山《ひらさん》の天狗《てんぐ》の頭領が標的になって以来、ひさしくお礼参りの音沙汰《おとさた》はなかったのに、いやあね」

雨女が迷惑そうに眉をひそめる。情報屋の仕事も、あつかうネタによっては関係者の恨《うら》みを買うことがあるから、雨女もいつその対象になってもおかしくはない立場である。

「二ノ姫もここのところ派手に動きすぎたんだろう。医務官の謀反《むほん》を阻止《そし》したのに加えて天地紅組《べにぐみ》の幹部をお縄にしたのも大きい。あるいは、おまえさんの嫁という立場も少なからず影響しているかもしれんな」

そう言って酒天童子は弘人を見やる。

事件への恨みというよりは、単に橘屋への腹いせが目的の場合もあるから、その可能性は高い。自分がそばにいればいい魔除《まよ》けになると思って婿入《むこい》りしたのに、諸刃《もろは》の剣《つるぎ》だった。

「言いだしっぺはだれなんだよ」

弘人がいくらか苛立《いらだ》ちをおぼえながら問う。天狐《てんこ》の血脈《けつみやく》というだけで狙われやすいのに、さらにまた厄介《やつかい》な問題がひとつ増えてしまった。

「もしや崇徳上皇《すとくじようこう》？」

と雨女。

「――と見せかけて、実はその下で権力争いをしている長期服役者たちの仕業《しわざ》だ」

茨木童子が神妙な顔をして言葉を継ぐ。

「権力争い……その妖狐の娘の首を掲《かか》げた者が崇徳の後釜《あとがま》になるってわけか」

弘人が苦い表情でつぶやく。

崇徳上皇は、高野山を開放して橘屋の転覆《てんぷく》をもくろむ首魁《しゆかい》だったが、その右腕であった〈御所《ごしよ》〉の医務官が起こした謀反のために懲役《ちようえき》を伸ばされた。永らく高野山でも権威《けんい》をふるってきた大魔縁《だいまえん》だったが、いまは老懶《ろうらん》の身となって妖力がかなり弱まり、彼を支えていた陣営も医務官の死により形骸化《けいがいか》したために、いまや出所が先か、死が先か、と囁《ささや》かれるような有様なのだという。彼の時代は終わったのだ。

「まあ、中の連中にとっては一時《いつとき》のお慰《なぐさ》みのようなもんだからな。またべつのやつに白羽の矢が立てばじきに忘れられるぜ」

茨木童子は霊酒を酒天童子に注ぎながら楽観的に言う。

「現に、これまで標的になっていた比良山の次郎坊《じろうぼう》はまだ難を逃れて生きているものね」

雨女が言う。

標的にされる妖怪は強者《つわもの》が多いから、そうやすやすと首をとられるわけでもない。時が流れてまた新たな標的が選ばれれば、声明は取り下げられるかたちとなる。ともすると、噂《うわさ》を流すことで標的側に圧力をかけて、混乱を楽しんでいるだけなのかもしれないと弘人は思う。

「いまは声明文が貼り出されて間もないから、血の気《け》の多い奴《やつ》らが箔《はく》をつけようと息巻いているだろう。ほとぼりが冷めるまでは、とにかく慎重《しんちょう》に暮らすことだ」

酒天童子はそう言って猪口をあける。

「ところでその話、こいつの前でしたら商売道具にされるんじゃないのか、酒天童子？」

弘人が雨女を指さして言う。

「もうしっかり耳に入れたわよ。卸《おろ》してほしくなければ朝までつきあいなさい」

雨女は銚子をさしだして人の悪い笑みを浮かべる。

「いますぐ酉ノ区界に帰りたい感じなんだけど、だめか？」

腰をあげる前に、せっかくだからと注がれた酒を飲んでから弘人が言う。

「そんなに嫁が大事なのか。妬《や》けるね、弘人」

となりの茨木童子が頬杖《ほおづえ》をつきながらからかうように言う。

「花街《はなまち》にたむろしてるごろつきに吹聴《ふいちょう》してまわってもいいのかしらん」

雨女も挑発的である。

「ハハハ。おまえら、もうそのへんにしとけ。……実は主《おも》だった情報屋にはおれ様が金を払って箝口令《かんこうれい》をしいた。できるだけ情報がひろがらないよう先手をうったかたちだ。まあ時間の問題かもしれんがな」

「なるほど、だからおれに金をもたせたのか。酒代にしてはちょっと高額だと思ったよ」

弘人は酒天童子に用意してきた金子《きんす》を座卓の上に積みながら言う。ふだんはもちろん酒代などとる男ではないからなにかあると思っていたのだが。そして雨女が今夜ここにいる理由にも合点《がてん》がいった。

「気が利《き》くじゃない、酒天童子ったら」

「さっすが、お頭。その面倒見の良さがたまんねー」

雨女に続いて茨木童子が言う。

「ヒロ坊は女とうまくいってないと修行だのなんだのといってなぜか遊びたがらねえ。酒飲み仲間が減ってはこっちがつまらんからな。……だが箝口令をしいたところで、もってひと月くらいだろう。聞こえなくてもいい連中には聞こえてしまう話だから、それまでになにか手立てを講じねえと」

たしかに完全に情報の流出を防ぐことはできない。美咲はまた近いうちに追われることになるのだろう。彼女のほうでもなにか思い悩むことがあるようだったから、早急に美咲のもとへ戻ったほうがよさそうだ。

その後、帰る帰ると言い張ってもなかなかはなしてもらえず、しこたま飲まされたあと、大江山を出たのは夜の九時をまわった頃だった。午《ひる》すぎから飲みはじめたから、かれこれ十時間近く飲んでいたことになる。

ひさしぶりの酒で飲み方をまちがえたらしく、視界がすこしばかりゆれる。

茨木童子が心配してか、途中、滋賀《しが》のあたりまで送ってくれた。

「ありがとうな。おまえのおかげで高野山の情報がはやくつかめた」

夜風にあたっていくらか頭がすっきりしたころ、弘人はあらためて彼に礼を言った。

街道筋の店は、時間的にどこも妖怪の客でにぎわっている。

「そりゃ、大事なヒロ坊のためだからね」

茨木童子はにっこりと笑ってさりげなく腕をからませる。艶《つや》やかな細い髪がさらりと背中でゆれる。彼からは、その艶《あで》やかな外見にそぐわぬ落ちついた伽羅《きゃら》の香りがする。だらしなく見えるが、実際は身ぎれいな性分なのだろう。

「朝まで飲んでけばいいのに、そんなに嫁のからだが恋しいのか？」

茨木童子はつまらなさそうに弘人を見上げて、わかりやすい問いかけをさらりとしてくる。

「否定はしないでおくよ」

「おれでいいじゃない」

「いやだ。骨の髄《ずい》まで喰《く》われそう」

「人聞きの悪いこと言うなよ。愛情と妖力補給は別腹だい」

「どうだかね」

茨木童子の無節操で放埓《ほうらつ》な印象は幼いころにあった記憶そのままだ。男と女、大人と子供が混在しているような不思議な人格。馴《な》れ馴《な》れしい態度もぎりぎり嫌悪感《けんおかん》を抱かせない。むしろ、それこそが奇妙な魅力となって相手を惹《ひ》きつける。

ふいに茨木童子が立ちどまって弘人の腕をはなした。

「あ、おれ、比叡山《ひえいざん》に用事があるからここまでにする。また飲もうよ、弘人」

思い出したように言って手をひらひらさせる。

「ああ。じゃあ、またな」

比叡山になんの用か。はじめからそのついでにここまで自分を見送りに来てくれたのだろう。弘人は茨木童子に別れを告げると、そのまま酉ノ区界へとむかって人通りの少ない街道をぬけてゆく。

ふり返ると、茨木童子はまだこっちを見ていた。ほほえんで投げキッスなどしてくれるから、無視するわけにもいかず無言で頷いて受けとめておいた。

茨木童子は、弘人が辻《つじ》を曲がって姿を消すまで、ずっと立ちどまったまま彼のうしろ姿を眺めていた。

2

弘人《ひろと》が帰宅したとき、美咲《みさき》は居間で風呂《ふろ》からあがった颯太《そうた》の髪をタオルで拭《ふ》いていた。

颯太はひととおり自分の身のまわりのことは自分でこなせるようだが、なにせ小さいので動作がたどたどしく、つい手を貸してしまう。

もう夜も十時をすぎたというのに、ピンポンと呼《よ》び鈴《りん》が鳴ったので、美咲は妖怪のお客かしらと首をかしげながら玄関へとむかった。すると、

「あー、ただいま」

弘人がいささか苦しげにみぞおちのあたりを押さえながら玄関の戸をうしろ手にしめているところだった。

「ヒロ……。帰ってきたの……？」

美咲はまさかいきなり弘人が家に戻ってくるとは思わなかったので驚きに目を見開いた。

「ああ、帰ってきたよ。いまどういう気分かっていうと、純正の女がとてつもなく恋しい感じなんだ」

（純正の女……？）

「酔ってるのね」

顔色は普段と変わらないが、意味不明のせりふを吐《は》くところをみると酩酊《めいてい》しているらしい。

「酔ってないよ。ちょっと飲み方をまちがっただけだ。霊酒《れいしゅ》と黄金酒のちゃんぽんは、やっぱマズかったな」

「ヒロが酔ってないって答えるときは、たいていもう酔っているのよ」

ひさびさに帰ってきたと思ったら酔っ払っているなんて、と美咲は腰に手をやってむくれる。

「酒天童子《しゅてんどうじ》たちがおれをはなしてくれなかったんだよ。悪い噂《うわさ》を聞いたから、さっさと帰ってきたかったんだけどな」

弘人は妙ないいわけをくり返しながら、履物《はきもの》をぬいで家にあがってくる。

「悪い噂？」

「そう。おまえ、高野山《こうやさん》でお礼参りの対象になったらしいぞ、美咲」

弘人はそう言って美咲の腕をとると、物欲しげな顔でそのままぐいと自分のほうに引きよせた。霊酒のほんのりと甘く魅惑的《みわくてき》な香りが美咲の鼻先をくすぐる。

「お礼参り？　それって、不良とかが喧嘩《けんか》した相手の学校に仕返しに行くやつのこと？」

勢いあまって弘人の胸に手をついた美咲は、耳慣れぬ言葉にぎょっとして訊《き》き返す。

「ああ。まあ似たようなもんだな。……高野山ってのはさ、模範囚は高野山内では自由の身なんだよ。橘屋《たちばなや》の技術集団が監視しているのは結界《けっかい》を張った境界線の部分だけだから、中ではみんなけっこう好き放題やって暮らしてる。許可をもらって商売してるやつもいるし、縄張《なわば》り争いしてるやつもいる。そういう中でできあがった、支配する者とされる者の階級社会ってのが存在してるんだ」

高野山の説明をはじめる口調はまじめなのだが、酔っ払っているせいで態度が伴《ともな》っていない。

弘人は話しながら、美咲の髪に指先をすべらせてくる。

「その頂点に立っていたのが崇徳上皇《すとくじょうこう》だったのよね？」

美咲はさりげなくその弘人の手を取り払う。

「そう。もう寿命《じゅみょう》だし、総介《そうすけ》が死んで外部とのパイプを失ったこともあって、もう彼の権力はなくなってしまったんだけどな」

あの一件のせいで刑期が伸びて、またしばらく懲役《ちょうえき》に服することになったところまでは美咲も聞いている。

弘人は続けた。

「だからいまは、彼に代わって高野山内での覇権《はけん》を握ろうと、何人か力のあるやつが台頭《たいとう》して小競《こぜ》りあいを繰りひろげているような状態なんだ。で、そのうちの声の大きな妖怪のどいつかが、どうやら崇徳上皇の名を騙《かた》って高札場《こうさつば》に血文字の声明文を貼《は》り出したらしい」

「血文字の……？」

「おまえの首をとったら、高野山の頂点に立てるそうだ」

美咲は想像してぞっとする。それが貼られた時点で狩りははじまるのだという。

「でも、高野山の中にいる妖怪たちが、どうやって外にいるあたしの首を狙《ねら》うの？」

「あの中での暮らしを好む奇特な連中もいてさ、いったん釈放されても、またわざわざ罪を犯《おか》して中に舞い戻っていく妖怪がいるんだよ。こっちの世界にもいるだろ、娑婆《しゃば》よりも刑務所暮らしを選んでみずから再犯に走るやつ」

懲《こ》りずに弘人の右手は美咲の髪を弄《もてあそ》ぶ。話が深刻になりすぎないようにするための心遣《こころづか》いなのか、ただ酔っ払ってよぶんに手が出ているだけなのか美咲には判断がつかない。

「え……、ええ。まあごく少数だと思うけど」

そういう者もいないでもないなと思いつつ、迷った挙句《あげく》に、やっぱり弘人の手はいらないと取り払いながら美咲は問い返す。

「そういうやつをつかってやらせたり、自分が出所した折に実行したり」

弘人は言いながら、美咲の体をやんわりと壁際《かべぎわ》のほうへ押しやる。

「そうなったら、ほんとうにまた高野山に戻ることになるわね」

話の内容に気をとられ、押されるままに二、三歩後退した美咲の背中が壁にぶつかる。

「基本的に、あそこが我《わ》が家《や》な連中が画策《かくさく》してることだからな。加害者ってのは、外では犯罪者でも、中では英雄扱いされるんだよ」

高野山にかぎらず、隠《かく》り世《よ》では、悪事は酷《ひど》ければ酷いほどもてはやされる傾向にある。

「外部との連絡はどう取るというの？」

美咲は、自分がすっかりと壁際に囲い込まれてしまったことにいまさらながら気づく。

「出所するやつに情報を握らせるだけのことさ。三日にひとりは出ていく妖怪がいるんだからな。……今回おまえは、『紫水殿《しすいでん》』の事件のほかにも、『高天原《たかまがはら》』の崩壊や、それに天地紅組《てんちべにぐみ》の幹部を高野山送りにした事実なんかが加味されて選ばれたらしい。恨《うら》みをかいやすい分店の店主や店員が標的にされてしまうのは、決してめずらしいことじゃないんだ」

言いながら、弘人の手が彼女の頬《ほお》にのびて、指の腹でそっと触れてくる。

「過去にもそんなことがあったということ？」

美咲はさすがに落ち着かなくなって、どぎまぎしながら訊き返した。深刻な話のはずなのに、さっきから集中できないったらない。

「ああ。長期服役者や終身刑のやつらが楽しむための、あそこに古くから根ざしてる悪趣味な風習だよ」

要するに腹いせのお礼参りというわけなのだ。

「だから、おまえのこの細い首は、高野山で箔をつけてのし上がるための手段になった」

弘人は大仰《おおぎょう》に言うと、じっと美咲に視線を注いだまま彼女の首もとに両手をまわしてきた。

彼の男らしく大きくてなめらかな手がひたと首筋に巻きついたかたちになって、美咲はどきりとする。

「な、なんのマネなのよ」

ときめきと恐れがないまぜになった奇妙な息苦しさをおぼえ、美咲は固唾《かたず》を呑《の》む。

自分を間近で見つめる弘人のまなざしは、どことなく妖《あや》しげで、色心をくすぐるような気《け》だるさを孕《はら》んでいる。〈御所《ごしょ》〉で会ったときの彼が、まだ素面《しらふ》でまともなほうだったのだと思い知らされる。

「ちょっとした愛情表現だよ」

首にかけた手はそのままに、弘人は蠱惑《こわく》的な笑みを浮かべながら美咲のこめかみに唇《くちびる》をよせる。

「いまは深刻な話をしているのよ……」

美咲は気恥ずかしくなって、うわずった声で言いながら弘人の手をほどこうと抗《あらが》う。

「だからなんだよ？」

弘人は首元からはなした手をそのまま彼女の背に這《は》わせて、甘くしっとりとした声で返す。

いけない。また、弘人のペースにもってかれてしまう。そう思いながらも、優しい力で抱きすくめられれば、大切に守られるような幸福で胸がいっぱいになって抵抗できなくなる。

「大丈夫だ。おれが守ってやるよ。おまえの首なんてとらせてたまるか」

ふと耳元でまじめな声音《こわね》で本音を紡《つむ》がれて、美咲は目をまるくした。

「またこっちで暮らすよ。体もいい感じに鍛《きた》えられたしな」

弘人は美咲を抱きしめたまま、あたたかみのある落ち着いた声音でたたみかける。

「ほんとうに？」

美咲は嬉《うれ》しくなって、ふたたび弘人と目をあわせてたしかめる。またこの家で一緒に暮らせるようになるのだ。

「ああ。もうどこにも行かないよ」

静かに告げた弘人の唇が、至近距離に迫る。口づけをしようと目が誘っている。

素直に応じるのも気恥ずかしくて、美咲は口を引き結んで固まる。まじめな話をしている最中だというのに、酔っ払っているせいですぐに隙《すき》を見つけて迫ってくる。どうしようもない人。

「心と体の修行をして、慎《つつし》み深い素敵な男になるんだと思ってたわ」

美咲はそっぽをむいて言った。

「そのとおり精進《しょうじん》したよ」

「色魔《しきま》っぷりが増しただけじゃない」

「自信がついたから好きなようにしているだけだ」

そう言うと、弘人の手が美咲の顎《あご》をつかんでこっちを見ろといわんばかりに前をむかせる。

弘人の面《おもて》は悠然《ゆうぜん》とした笑みをたたえている。ゆらぎのない目。もう、感情に流されるようなことはないから遠慮もしない。そういうまなざし。反省して自粛《じしゅく》するのではない。自分とは、思考回路が根本的にちがうのだ。この圧倒的な余裕に打ちのめされる。

「あ……の……」

もう逃れられない。視線をからめたら終わりだ。なぜかこの翡翠色《ひすいいろ》の瞳《ひとみ》に魅了され、意思をからめとられて彼の言いなりになってしまう。

（惚《ほ》れたほうが負けるんだって、どっかに書いてあった……）

美咲が根負《こんま》けして瞳を閉じ、彼を受け入れようとしたときのことだった。

「ん？」

居間から顔をのぞかせている子供の姿を視界の隅でとらえた弘人が、ぴくりと眉《まゆ》をあげる。

「なんだ、あのガキ。座敷童子《ざしきわらし》か？」

弘人の、美咲への興味はそこでとうとつに途切れる。

「あっ、颯太」

美咲はぎくりとして弘人の体を押しのけながら、颯太のほうをふり返った。危うく口づけの瞬間を見られるところだった。

「こいつが例の如月《きさらぎ》水軍の……？」

弘人はふらりと颯太のほうに歩みよると、その小さな体の前に立ちはだかる。

颯太は臆《おく》することもなく、物言いたげな目でじっと弘人のほうを見あげている。口はきけないが、この男がだれなのかと問いたそうなまなざしだ。

「この酔っ払ったダメなお兄さんはヒロっていうの。ここの家の主《あるじ》になる人よ。あたしたち、裏町では夫婦なの」

美咲があわてて弘人のとなりに行って告げる。夫婦という言葉の意味がどこまで理解できるのか謎だが、いちおう関係を説明してみせた。

「海坊主《うみぼうず》の子か。海妖怪に会うのは久々だなあ。おまえ、水なくても平気なのか、水」

弘人は颯太の洗いたての小さな頭をくしゃくしゃとなでまわしながらたずねる。

「…………」

颯太は髪をぼさぼさにされながらも、じっと弘人を見ている。この男がどういう妖怪なのかをさぐっているような顔つきだ。

「口がきけないって？　どこに声を置いてきたんだよ」

弘人がかがみ込んで、颯太と目線をあわせて問うと、彼はおおきくかぶりを振って否定した。声がどこにあるのかわからないのだと伝えているふうに見えるが、明確な意思をはっきり理解することはできない。

「おまえ、夜はどこで寝てんの？」

颯太は訊《き》かれるままに、美咲のほうをすっと指さした。

「美咲と一緒だと？　もう嫁を寝取られちゃったのか、おれは」

「ヘンな言い方しないでよ。まだ五歳児なのよ」

「十年経《た》てば一丁前だろうが。よし。じゃあ颯太は今夜からおれとはなれで寝ろ。もう風呂は

すませたんだな?」

颯太はウンと頷《うなず》いて、聞かれもしないのに美咲のほうを指さした。

「なに?　おまえら風呂まで一緒なのか。美咲、おまえ、明日はおれと入れ」

美咲にむきなおって、弘人は真顔で命じる。

「ええっ、どうしてあたしなのよ。誘う相手がちがうでしょ!」

「たまには混浴もいいだろ」

「お断りしますっ」

美咲は一瞬、弘人と風呂に入る自分を想像しかけて無理すぎる、と赤面《せきめん》する。

その後、美咲は弘人がつかうためのはなれを掃除しながら、高野山のお礼参りのことを考えた。この先、いつどこで、どんな妖怪に襲われるのかわからないのだから恐ろしい話だ。

けれど、店を継ぐことになって隠り世にかかわるようになってからというもの、天狐《てんこ》の血脈《けつみやく》をめぐってこの身は狙われてばかりいるので恐怖心も麻痺《まひ》しているのか、あまり切羽《せつぱ》つまった心境にならないのも事実だった。

弘人の言いつけどおり、はなれにふたり分の寝床を整えてから居間に戻ると、風呂に入って浴衣《ゆかた》に着替えた弘人が、ハツの碁盤《ごばん》を持ち出して颯太と五目《ごもく》並べをしていた。

頭をつきあわせて仲良く遊んでいるふたりの姿を見て、美咲はほっとした。弘人のことを、なんとなく子供の相手は苦手そうだと思っていたけれど、そうでもなかった。酔っているせいか、意外にもすんなりとなじんでいる。

颯太のほうもふつうになついているようだ。もともと男所帯の水軍で、日々いろんな相手にもまれて育った子だからどういうタイプでも順応しやすいのかもしれない。

3

颯太《そうた》を今野家《こんのけ》で保護して六日がすぎた。

その日の夕方、美咲《みさき》は颯太を連れて、劫《めぐる》と三人で裏町の医者にむかっていた。

昼中、用事で出かけた美咲に代わって颯太のお守りをしていた百々目鬼《とどめき》が、知りあいの妖怪から腕のいい医者を紹介してやるから声が出ない原因をつきとめてやれと勧《すす》められ、その医者の居場所を聞きつけてきた。治療すれば声が出るようになるかもしれないということで、さっそく颯太を連れてやってきた次第である。

「おまえ、重いっ。もういい加減自分で歩けよ。曲がり角の髪結床《かみゆいどこ》までって約束だっただろっ」

劫が立ちどまり、肩車をしてやっている颯太にむかって文句をたれる。

颯太は、どの店員にもすぐになじんだが、劫にはとくによくなついている。今日も、医者には劫と行きたいのだと身振り手振りで訴えた。明朗な劫の雰囲気《ふんいき》が、どこか父親に似ているせいなのかもしれないと美咲は思う。

颯太は劫の髪の毛を軽く引っぱって足をばたつかせ、笑いながら歩く気がない意思を示した。

「もうちょっと乗せてほしいんだって」

美咲はくすりと吹き出す。

「ガキのくせに楽しようとすんなよなー」

劫は口をとがらせて、しぶしぶ彼の足を支えなおして歩きはじめる。


「これは黙り貝のせいですな」

行燈《あんどん》の明かりだけのほの暗い診療室の中で、ゆらゆらとゆれる蠟燭《ろうそく》の光を颯太によせて目の粘膜《ねんまく》やら口の中やらをひととおり診察し終えた医師が、あっさりとした口調で言った。医師は藍色《あいいろ》の作務衣《さむえ》姿で、額《ひたい》に一本角《づの》のある初老の男だ。

「黙り貝？」

「お母さん、浅葱色《あさぎいろ》の貝、食べさせましたね？」

医師が美咲にのんびりとした口調で問う。

「お母さんじゃありませんけど。……そういう貝、食べたおぼえはある？」

美咲が颯太にたずねると、彼はそう言えば、と心当たりがあるふうにぱちりと目を見開いた。

「黙り貝というのは食《しょく》するとおよそ七から十日ほど口のきけなくなる珍妙な海産物であります。

やかましい女房を黙らせるためや悪事の口封じなんかを目的に売り物にされているもので、海辺の市場でこっそりとりあつかわれている代物《しろもの》なのです」

「口封じ……」

「ええ。拷問《ごうもん》のときなどにあらかじめ食っておいたりするのですよ。喋《しゃべ》りたくなっても声が出ないんじゃ喋れないから自白を回避できるのでね」

「そ、そんなすごいアイテムが存在するの……。じゃあ颯太は、うっかりその貝をどこかで食べてしまったのね」

颯太はなにか考え込むふうに、じっと眉《まゆ》をひそめている。

「治す方法はないの？」

「治療法というのはございません。時が経《た》つのをおとなしくまつしかない。日にち薬というやつであります。舌の具合を見る限りでは、今日あたり、夕餉《ゆうげ》を食べ終えたあとくらいには喋れるようになるでしょうな」

「お、また声が出るようになるんだってさ。よかったじゃん、颯太」

颯太の横にいた劫がそう言ってほほえみかける。

診療代を置いて診療所を出ると、日が沈みはじめて、あたりの景色は橙色《だいだいいろ》に染まっていた。

「なんか子連れで遊びに来てるみたいだ」

颯太を真ん中にして三人で家路《いえじ》をたどっていると、だしぬけに劫が言った。道に、大小三人の影が長くのびている。

「え？」

「家族みたいじゃない？　ぼくたち」

劫は屈託《くったく》のない笑みを浮かべて言う。劫が夫で颯太が自分の子――美咲は、それに似た未来がまったく想像できないわけでもなくて、一瞬言葉につまった。

劫は弘人《ひろと》と自分の仲を認めているくせに、ときどき、どきりとするようなことを言ってくることがあるから戸惑《とまど》う。たいていは冗談まじりなので、あまり深刻にならないですむのだけれど。

「あれ、ちょっと、そこで黙るなよ。美咲」

劫が困ったような顔をして言う。なによそれ、と笑い飛ばしてもらうつもりでいたようだった。

「劫は、あたしのどこがいいの？」

美咲は颯太と手を繋《つな》いだまま、やや沈んだ声でたずねていた。自分によせられている好意が、たとえ友人としてでもあるのだとしたら、それがいったいなにに基《もと》づいているのかを知りたかった。劫は話しやすいから、こんなこともわりとすんなりと訊《き》けてしまう。とくに、いまは颯太があいだに挟まっているから平気だった。

「な、なんだよ。どこがって、そんな面とむかって訊かれるとなんか調子くるうな」

劫は気恥ずかしそうに頭をかきながら、ちらと美咲と目をあわす。

「ずっと昔から好きだって思ってたから、いまさら理由なんて訊かれてもなあ。……おなじ妖《よう》狐《こ》ってのもあるだろうし、あと、なんかそのフツーっぽいところがいいんだよ。どこにでもいそうなんだけど、ちゃんとときどきかわいい感じがさ。つーか本人前になに言わせんだよ」

劫は自分にしらけたようすで乾いた笑みを浮かべる。

「ごめん。でも……ありがとう……」

少なくとも劫は、自分に天狐の血脈など期待していないのだ。ほっとするのと同時に胸があたたかくなって、素直に礼が口をついて出てきた。息抜きのできる空間を得たような心地がした。

天狐《てんこ》の血脈《けつみやく》をもつから自分は弘人に選ばれたのかと悩んでいるいま、ふつうであるところを褒《ほ》めてもらえるのは嬉《うれ》しかった。

「なんだよ颯太、そんな目でこっち見るなよ。こちょこちょ攻撃するぞ、この野郎っ」

なにやら白い目で低いところから顔をのぞきこまれていることに気づいた劫が、照れかくしのように颯太の小さなからだをつかまえてくすぐりだす。

それからひとしきり颯太とじゃれあった劫は、

「なんかまたどうでもいいこと悩みだしたんだな、美咲」

黙り込んだまま、薄暮《はくぼ》の町屋造りの町並みをうわのそらで眺めている美咲にむかって言った。

「なんにも悩んでないわよ……。ほんとに、なんでもないの」

美咲は劫の言葉を否定しながらも、ひとつ、わかったことがあった。

おなじことを、弘人にも言われたいのだ。ふつうの自分にも惹《ひ》かれていてほしい。店のことも、からだに流れる血のことも関係なしに、ただあたしという女を好きなのだと言ってほしい。

それは、十七年間、平凡に現《うつ》し世《よ》を生きてきた人間としての自分の、最後の願いかもしれないと美咲は思った。

4

「黙り貝？　そういや、そういう物もあったな」

帰宅して夕食の支度《したく》が整うころになると、大学の補講ついでに朝から外出していた弘人《ひろと》も家に帰ってきた。美咲《みさき》が、劫《めぐる》と三人で行ってきた裏町の診療所での見立てを話して聞かせると、黙り貝の存在を思い出したらしい弘人がそうつぶやいたのだった。

「もうすぐ喋《しゃべ》れるようになるんだって。ね？」

美咲は颯太《そうた》と目をあわせてほほえむ。すると颯太はにかっと歯を見せて無邪気《むじゃき》な笑みを返してくれた。本人もようやく喋れるようになるのでご機嫌《きげん》のようだ。この小さな口からかわいい声が聞けるのかと思うと美咲もちょっとわくわくした。

「どうっすか、颯太の声は。原因わかりました？」

店の仕事を終えた雁木小僧《がんぎこぞう》が、おなじように気になっていたらしく、百々目鬼《とどめき》とともに縁のほうから顔をのぞかせた。

「ヘンな貝を食べたせいだったわ。そろそろ治るころみたいなんだけど、まだなの。あんたたちもごはん食べていきなさいよ」

医者は夕食のころには喋れるようになりそうだと言っていたから、あとすこしで声は戻るはずだ。美咲が誘うと、ふたりはごちそうになりますと履物《はきもの》を脱いで居間にあがってきた。

美咲は料理の盛った皿を運ぶ。夏野菜の揚《あ》げびたしやズッキーニの肉詰め等。百々目鬼が支《し》度《たく》を手伝ってくれる。妖怪料理は献立《こんだて》には入れていない。できるだけ弘人を、現《うつ》し世《よ》にいるときの性格に保っておくために。さいわい、数日こっちで暮らしただけで、再会当初のような危うい印象はだいぶなくなったのだけれど。

弘人らは颯太の顔をじっとのぞき込んでまっているが、どのみち本人が声を出さないことにははじまらない。料理がならんだところで、とりあえず夕食をすませることになった。

颯太は育ちざかりのせいか大飯食らいである。いつものごとく勢いよくごはんをかっ込んでいた彼だったが、ふとその手をとめた。

「あ……」

と幼児特有の高い声が、彼の小さな唇《くちびる》から漏《も》れる。声が出るようになったのかとみなが箸《はし》をもつ手をとめた。

「あ……、アー、アアー」

颯太は試すように何度も声を出してみてから、

「うわあ、やっと声が出るようになったよ、おれ」

嬉《うれ》しそうに言って目を輝かせた。

「おお、よかったじゃん、颯太」

となりにいた劫が颯太の背中を軽く叩《たた》いて笑う。

「あんた、かわいい声してるわね」

めでたく声が復活したことに、みながほっとして頬《ほお》をゆるめた。ところが颯太は、

「この肉詰めうめえよ。美咲ねーちゃん。……おまえバカそうなのに料理だけはうまいよなー」

そう言っておかずをごはんにのせて、引き続きがつがつとかき込む。

「え？　いまバカそうって言った？」

思わぬぞんざいな物言いに、美咲も含めた一同がぎょっと目を剝《む》いた。

「ひとこと余分よ。かわいい顔してなんてこと言うのよ、颯太はっ」

美咲は耳を疑いつつ、思わず言い返してしまう。

「バカそうにしか見えねーんだからしょうがねーだろ」

「なんかイメージちがうな颯太。おまえ口きけないほうがよかったんじゃないの？」

劫がやや眉《まゆ》をひそめながら颯太の顔をのぞきこむ。

「うるせーよ。よけいなお世話だよ。おまえこそいつまでも未練たらたらで女々《めめ》しいんだよ、非常勤」

「未練って、なんの話だよ？」

「オンナに決まってんだろ」

「あのな、僕は自分に正直に生きてるだけだっ」

「まあまあ、こんな小さい子供が未練とか……意味なんてわかってないっすよ」

雁木小僧が本気の真顔で言い返す劫をなだめるように言うと、

「わかってっぞ。オレはなんでもお見通しだ。雁木小僧、おまえ地味にまじめにすごしてるけど実は次期雇《やと》われ店長の座を狙《ねら》ってるんだろ」

「あ？」

雁木小僧は啞然《あぜん》とする。

「なんて口の悪い子なのっ」

むかいの席にいた百々目鬼がきーっと目をつりあげて憤慨《ふんがい》する。

「おまえもだよ、童顔」

「えええっ、顔のこと気にしてるのにっ」

百々目鬼は両手で頬《ほお》を覆《おお》って憤《いきどお》りながら嘆《なげ》く。

「落ち着けよ、おまえら。こんなガキの言うことをいちいち真《ま》に受けて腹立ててどうするんだ」

弘人が五歳児にやられてわななく店員たちをすまし顔でなだめると、颯太はひたと弘人に目をあて、

「性欲魔人がえらそーに言うな。酔っ払ったふりして美咲とイチャこいてんじゃねーぞ、コラ」

臆面《おくめん》もなく言ってのけた。

「だれかこいつを海に捨ててこい、いますぐに」

さしもの弘人も意見を覆《くつがえ》す。

「あーひさびさに喋ったらすっきりしたぞ、オレ。おかわりっ」

颯太は気分爽快《そうかい》といった表情で、空《から》のどんぶりを元気いっぱいに美咲に差し出した。

「ま……まあ、なんか空耳だったことにして、ほかの話ししましょ」

美咲はどんぶりにごはんを盛りつけながら先を促《うなが》す。

長時間黙っていたストレスのせいだろう。海の男に揉《も》まれて育てば毒の吐きかたもおのずと身についてしまうのかもしれない——と一同はおのおの自分に言い聞かせ、気をもちなおす。

「で、どうしてきみは鳥羽《とば》の港でお父さんとはぐれてしまったの？」

美咲がもっとも知りたかったことをたずねてみると、

「飯場《はんば》の便所の帰りにへんなやつらに襲われたんだ。すぐに口ン中に貝つっこまれて、手足縛《しば》られて担《かつ》がれて、気づいたら船の上だった」

颯太はごはんを食べながらぺらぺらとよどみなく喋る。

「そのつっこまれた貝ってのが黙り貝だったんだな。泣きわめかないように先手をうったんだろう」

と弘人。

「きみを襲ったのはどんなやつだったの？」

ふたたび美咲が問う。

「どっかの海賊だ。磯撫《いそな》でとか栄螺鬼《さざえおに》とか、そんな海妖怪ばっかの船だった。どのみち最後は殺すとかデカい声で話してて、おれはそんなのごめんだから、見張りのおっさんが酒飲んで寝たスキに海に飛び込んだんだ。カナヅチだけど」

颯太はカナヅチというところだけ恥ずかしそうに小声で述《の》べる。

「カナヅチなのに飛び込むって、おまえ勇気あるじゃん」

「というかむこう見ずだな」

劫に続いて弘人が言うと、

「仲良しの海女房《うみにょうぼう》のねーちゃんが助けに来てくれると思ったんだよう」

颯太は口をとがらせながらもしょんぼりとして言う。海女房とは人魚に似た海妖怪の一種だ。海はひろいから、必ずそばにその海女房がいるとは限らない。こういう考えの浅いところはやはり五歳児なのだとみなが納得する。

「整理してみると、つまりきみは、鳥羽の港でどこかの海賊に攫《さら》われて、船に乗せられたところをなんとか自力で逃げ出して、泳げなかったために溺《おぼ》れて大磯《おおいそ》の浜に打ちあげられたってことなのね」

そこを通りかかった妖怪が颯太を助け、酉《とり》ノ分店《ぶんてん》まで届け出てくれたのだ。六日前のことである。

「颯太くんを拉致《らち》した船はきっと大磯の付近を航海中だったんですよね、いったいどの海賊がなんの目的でそんなことをしたんでしょう」

百々目鬼が小首をかしげる。

「如月《きさらぎ》水軍に恨《うら》みを抱いてか、縄張《なわば》り争いの一環《いっかん》かってところだろうが……」

弘人も見当がつかないと首をひねる。

「海でも縄張り争いしてるのよね。あたし、知らなかったわ」

美咲はハツの話を思い出して言う。

「とりあえず、明日の朝八時には親父《おやじ》のもとに帰れるんだからめでたしめでたしじゃん。声ももとどおりになったしよかったよな」

劫が明るい声で言って笑う。

士榔《しろう》に颯太を引き渡す約束になっている日は明日だ。

「そういえば明日は竜宮島《りゅうぐうとう》に探りを入れてみようって静花《しずか》さんとも約束してるの」

美咲は弘人に告げた。

「藤堂《とうどう》と？」

「ええ。現《うつ》し世《よ》の大磯で人攫いがあったみたいで、その原因をつきとめてみようって」

美咲は静花が持ちかけてきた人攫いの事件のことを弘人に話して聞かせた。

「そうか、ならちょうどよかった。おれは明日学校があるから大磯には行けないんで、ちょっと心配だったんだが、藤堂が一緒なら大丈夫そうだな」

弘人はおそらく高野山《こうやさん》のお礼参りの件を気にかけながら言う。情報はまだひろまっていないはずだからいいものの、自分にはそんな厄介《やっかい》な問題もあったのだと美咲は思い出した。

「竜宮島に行くのに、如月水軍の力を借りてもいいと思う？」

如月水軍が人攫いの事件の犯人かもしれないのだから、むろん捜査目的であることは話せない。

「すんなり応じてくれるとは思えないな。そもそも士榔というこいつの親父が、水軍の中のどんな位置にいるやつなのかにもよると思うぞ……。まあ、こいつひとりのために大磯に寄港するくらいだから下っ端《したっぱ》の水夫《かこ》ってわけじゃないだろうけど」

「父ちゃんは船持ちだ」

颯太が口をはさむ。

「そうなのか？」

一同は頷く颯太に目をみはる。

如月水軍で船持ちといえば、参謀《さんぼう》と呼ばれる総大将に継ぐ地位にあって、かつては独自に海賊衆を率いていた者である場合が多いのだという。士榔の場合は、十年間は天地紅組《てんちべにぐみ》でやくざをやっていたのだから、海賊の頭《かしら》であったとは考えにくいのだが。たしかに覇気《はき》があって、人を束《たば》ねる力を備えてそうなタイプではあった——と美咲は士榔の男気溢《あふ》れる風体《ふうてい》を思い出す。


美咲は、劫らが家に帰ってしまうと、明日、予定通り大磯に如月水軍がたどり着くのかどうかを、もう一度那智《なち》に確認しようと思いたった。颯太が口をきけるようになったことも伝えておきたい。

子《ね》ノ分店に電話をかけて那智を呼び出してもらうと、颯太が会話を聞きつけて美咲の近くによってきた。

「あ、颯太くんがいま横にいるから代わります」

ひととおり話を終えた美咲は、そう言って母と話したそうにこっちを見ていた颯太に受話器を手渡した。

「かーちゃん、今度いつ会えるの？」

颯太は開口《かいこう》一番そうたずねた。声に、美咲たちと話していたときの威勢《いせい》はなく、一変して弱々しくなっている。不安や甘えたい気持ちがかくしきれずに、声に滲《にじ》み出ていた。

那智から色よい返事をもらえなかったらしい颯太が、しぼんだ声で別れを告げて受話器をおく。

小さな背中がさびしそうに見えて、美咲はいたたまれない気持ちになった。颯太が那智に会えるのは、士榔の船が子《ね》ノ区界の陸《おか》で休んでいるあいだだけで、三カ月に一度あるかないか程度なのだという。生意気を言う子だけれど、まだたったの五歳、ほんとうなら母親に甘えて暮らす年頃だ。

「颯太、こっちにおいでよ。ここにいるあいだはあたしがお母さんの代わりになってあげるって、那智さんと約束したの」

畳《たたみ》に正座した美咲は、颯太にむけて手をひろげてみせた。

なにか生意気を言って突っぱねるだろうと内心覚悟を決めていたのだが、颯太は意外にもすんなりとよってきて、鼻をすすりながら美咲の膝《ひざ》に座って抱きついてきた。

（颯太……）

那智の言ったとおり、愛情に飢《う》えているのだと思った。だれのでもいいから、やわらかなぬくもりがほしいのだ。

「あんた、かわいいわね。この髪、猫の毛みたいよ」

美咲は颯太のすこし日に焼けた茶色味がかった髪に頬《ほお》をうずめる。細くてふさふさした髪ごしに、じっと彼のぬくもりが伝わってくる。こちらの体温も、むこうに伝わっているだろうか。母親の代わりになれるといいのだけれど。

そこへ、着替えやタオルを持った弘人が颯太を風呂《ふろ》に誘いにきた。

「あれ、なんかいいところに座ってるな、おまえ」

居間に入るなり、ぴったりと美咲にくっついて抱かれている颯太を見下ろして、弘人ががらかい半分に言う。すると颯太の体が、なにかのスイッチが入ったかのようにぴくりと動いた。

「飯が上手に炊《た》ける女に悪い女はいないって父ちゃんが言ってた」

颯太は美咲に抱きついたまま、目だけを弘人にむけて告げた。

「それで?」

「ちいせーくせにあったけーよ、ここ」

思いのほか挑発的なせりふを吐いて、これみよがしに美咲の胸にぎゅうと頬を押しつける。

「ちょ……、小さいとかはよぶんじゃない?」

美咲がもそもそと身動きする颯太の背を抱きなおしながら、すこしばかりむくれると、

「おまえ、なになつかれてんの。橋屋《うち》は託児所《たくじしょ》じゃないんだぞ」

颯太の所業《しょぎょう》をあえて無視した弘人が、美咲にむかって呆《あき》れたように言う。

「だって代わりに抱きしめてあげてって那智さんから言われてるし……、やっぱり小さくてかわいいし……」

「かわいいし」

颯太は弘人を上目で見たまま語尾をくり返して強調すると、いじらしく爪《つめ》など噛《か》むふりをしてさらに美咲にすりよって甘えてみせる。

「だったらもっとかわいいおれたちの子供をつくってやろうか？　おまえは邪魔《じゃま》だ、颯太。そこをどけ」

弘人が冗談めかして颯太を足蹴《あしげ》にする格好を真似《まね》ると、颯太はあわてて美咲からはなれた。

「うへえ、やきもちやいてみっともないぞ、弘人兄。嫉妬《しっと》深い男はモテねーんだぞ」

すこしはなれたところで仁王《におう》立《だ》ちになっていばる。

「うるさい。風呂に入るぞ。今日は電気ビリビリの湯にしてやる。はやく行け」

弘人はそう言って颯太を浴室に追い立てる。

きついことを言いながらも、弘人は夜は颯太と楽しそうに風呂に入って、はなれで枕《まくら》を並べて一緒に眠っているし、暇《ひま》なときは遊び相手になったりもしてくれている。子供好きなのかどうかはわからないが、意外と面倒見のいい男だ。

（いつかほんとうの子供ができたら、あんなふうに親子でお風呂に入るのかな）

美咲は仲良く風呂にむかうふたりを眺めながら、そんな遠い日のことをぼんやりと妄想《もうそう》した。

平凡だけど幸せで、こそばゆいような気持ちになる。

そしてふと、たとえそれが橘屋のために弘人が選んだ道なのだとしてもいいのではないかと思えた。静花が言ったように、自分が彼を好きなのには変わりはないのだから。

それに、ふつうの自分を見ていてほしいと願う気持ちは、妖狐《ようこ》の自分を否定するのとおなじだ。跡取り娘としての自覚や、店に人生を捧《ささ》げる覚悟が、自分にはまだ足りていないということになる。だから遠野で言われた言葉にだってとらわれて、疑心暗鬼《ぎしんあんき》になってしまったのだ。

颯太がいてくれてよかったと思った。またつまらないことで悩んで、弘人とのあいだに溝《みぞ》をつくってしまうところだった。

浴室から颯太のはしゃぎ声が聞こえてくる。

美咲はこのところ胸につかえていたものが、その声のおかげで、すっと軽くなってゆくのを感じた。

第三章　海の罠

1

「わー、海っ。こっちの海はきれいねえ」

浴衣《ゆかた》姿の美咲《みさき》は、松林のむこうにひろがる海原を眺めて感嘆《かんたん》の声をあげた。

如月《きさらぎ》水軍との約束の日、美咲は颯太《そうた》を連れて、静花《しずか》とともに朝から大磯《おおいそ》に来ていた。

酉《とり》ノ分店《ぶんてん》から抜け道をつかって、徒歩でおよそ四十分ほどの時間がかかった。最後の小さな呉服屋の戸を抜けて水茶屋《みずぢゃや》に着き、店の外に出るとそこは大磯の沿岸だった。

空はすっきりと晴れ渡り、海水が日の光を受けてきらきらと輝いていた。おなじ大磯でも、隠《かく》り世《よ》の海水は南国の海のように水が澄んでいて美しい。息を吸い込むと潮《しお》の香りが鼻先をくすぐった。

浜へは行かずに魚河岸《うおがし》のほうへむかうと、陸揚《りくあ》げされて間もない魚があちこちで売りさばかれていた。現《うつ》し世《よ》では見られない虹色《にじいろ》の魚や、得体《えたい》の知れない怪《あや》しげな海産物が、買い手をまって台の上にずらりとならんでいる。客たちは買いあげた魚介類を、めいめいの笊《ざる》や盥《たらい》に入れてもち歩いている。六尺近くもある巨大な魚を肩に担《かつ》いでいる妖怪もいて、美咲は思わず立ちどまって眺めてしまった。

　如月水軍の船はまだ入港していないようだった。彼らとの約束は午前八時きっかりだったが、まだすこし時間的に余裕がある。隠り世には時計がないので、昼中は日時計で時間を計るしかないのだが、静花がそれを心得ていた。

「あー暑いわ、美咲さん。ちょっとあちらでお休みしましょうよ」

　静花のひと声で、魚河岸のはずれにある御休処《おやすみどころ》でお茶を飲むことになった。ずっと徒歩で休まずに来たので足がくたびれていた。

　葦簀《よしず》張《ば》りのあばら家の軒下《のきした》で、三人は床几《しょうぎ》に腰かけてお茶を飲んだ。

　颯太はあちこちに興味をもって落ち着きがなく、そのうち簾《すだれ》の横にかかっている風鈴《ふうりん》をさわりたくなったらしく席をたってしまった。

「泳ぎたい気分だわ」

　美咲が、ゆるやかに曲がった白い砂浜の海岸のほうを見ながらつぶやいた。こっちの浜には、現し世のように海水浴客の姿が見られない。妖怪に、水遊びをする習慣などないのだろうか。

「美咲さんは泳げるの？」

「うん、一応。静花さんは？」

「わたくしも幼いころから水泳は得意でしたわ。獣型《けものがた》の妖怪はみな泳ぎもはやいのよ。榊《さかき》の極秘調査によれば弘人《ひろと》様も中学時代はモテモテの水泳部主将且《か》つエースでしたの」

「極秘調査っ……。そうなんだ。ものすごく厳しく部員をしごいていそうよね、あの人……」

弘人を相手にしたときの修行のつらさを思い出した美咲は、ぞくりと背筋をふるわせる。

その後、店員の女が運んできてくれたぷるんとゆれる冷たい水まんじゅうを食べていたふたりだったが、ふと颯太の姿がないことに気づいた。

「あれ、颯太、どこ？」

きょろきょろとあたりを見まわすものの、あの小さな茶色い髪の坊やの姿がどこにもない。

「さっきふらっとあっちのほうへ行くのを見ましたけど？」

店員の女は魚河岸の賑《にぎ》わいを指さして言う。

「はぐれちゃったら大変だわ。捜しに行かないと！」

美咲と静花は急いでお茶でまんじゅうを流し込むと立ちあがった。まだ見失ってどれほども経《た》っていないから、そのへんで見つかるはずだ。

そう思ってふたたび魚河岸のほうへと行ってみたものの、大小さまざまな妖怪が入り乱れ、魚介類をもってせわしなく行き来している人ごみのなかに、小さな颯太の姿はどこにもなかった。

「颯太ーっ」

美咲は市場の売り声に負けぬよう声をはりあげて名を呼んでみたが、返事はない。

「どこへ行ってしまったのかしら、颯太くーんっ……」

静花も名を呼び、目を皿のようにしてあたりを見まわすが見つからない。

このままはぐれてしまったら、士郷《しろう》に颯太を引き渡すことはできない。それとも、ここまで来たのだから、颯太が自分の船くらい自分で見つけて勝手に乗り込んでくれるだろうか。売り声と喧騒《けんそう》に煽《あお》られて、気は急《せ》くばかりだ。

美咲はすぐ近くにいた干物《ひもの》を売っている髭《ひげ》のおやじに颯太の行方《ゆくえ》をたずねてみた。すると、

「さあどうだったかねえ。こっちも暇《ひま》じゃねえからいちいちそんなの見てねえからよ？」

と首を傾《かし》げる。

「これくらいの背で、髪がちょっと日に焼けてるかわいい子なのよ」

美咲が颯太の背丈《せたけ》を手で示してみせると、

「あァ、そいつならさっき見たぞ。どっかの男衆《おとこしゅう》に連れられてったぜ」

となりの売り場にいた腹掛け一枚の魚人風情《ぎょじんふぜい》のおやじが教えてくれた。

「連れられてった？」

美咲は目を剝《む》いた。

「どっかの男衆って、どんな輩《やから》ですの？」

静花もぎょっとして問う。もう如月水軍が来ていたということか。

「あー知らね。船乗りだろ。とにかく後ろからのびてきた手に口を押さえられて、こうガバっ

となし」

　おやじはからだごと颯太が攫《さら》われたようすを身振りで示しながら言う。

「どう見ても誘拐《ゆうかい》されたって感じじゃない。おじさん、どうして助けてあげなかったのよ？」

　美咲は眉をひそめて非難する。

「あっという間の出来事だったからな。もうこっちにゃ次の客が来ちまってあとがつまってたしよう」

　おやじは罪のない顔で言う。悲鳴のひとつもあがらなかったのだから、たしかに手際《てぎわ》よく一瞬のうちに拉致《らち》したようだ。

「颯太君、まさかまた例の鳥羽《とば》港のときとおなじ海賊に連れ去られたのではなくて？」

「でも、今日、あたしたちがここへ来ることなんてだれも知らないはずなのに……」

　そもそもなぜ颯太はつけ狙《ねら》われることになったのだろう。疑問はつのるが、それより彼を捜し出さねばならない。美咲たちは颯太を連れ去ったらしい海賊衆の特徴を聞き出してみた。

「青の腹掛け姿だったな。三人くらいいた」

　おやじは顎《あご》をさすりながら教えてくれた。

　そのまま船に乗った可能性も考えられるので、美咲は十分をめやすに御休処で落ちあうことを約束し、静花と別れて船着き場のほうへ行ってみることにした。

　入り江には、諸国からの荷を運んできた菱垣廻船《ひがきかいせん》や酒樽《さかだる》をのせた樽廻船《たるかいせん》など大型の和船が何艘も碇泊《ていはく》しており、岸には、それらの大型船に積まれた荷を渡すための伝馬船《でんません》が何艘か繋《つな》がれていた。

海は凪《な》いでいて、水面に細かい三角のさざ波が無数にたっている。砂浜におりると、打ちよせる波の音が大きく耳に響き、潮の香りもいっそう濃くなった。

桟橋《さんばし》の手前で、麻《あさ》の着物を尻《しり》っ端折《ぱしょ》りにした水夫《かこ》たちがたむろして煙管《きせる》をふかしていた。

美咲は白い砂に足をとられながら彼らのもとまで行って、小さな坊やを見なかったかとたずねてみたが、みな一様に知らないと言って首をふった。ほんのすこし前に奏《かなで》水軍の船がここを出ていったきり、なにも異状はないという。

(奏水軍も海賊衆よね？　でも颯太を連れ去った目撃証言がないということは、やっぱりまだ魚河岸のどこかにいるということになるのかしら)

大型船のならぶ沖を見渡しても、六ツ鱗《むうろこ》の幟《のぼり》が目印だという如月水軍の船はまだなかった。となると、自分から彼らの船に乗ったということもありえない。美咲はふたたび颯太を姿を捜しながら魚河岸へ引き返していった。

それからもう一度魚河岸の一帯を探し歩いてみたが颯太は見つからず、静花と御休処で再会しても、彼女のほうでもやはり颯太の行方《ゆくえ》はつかめなかった。

2

日がすこし高くなり、如月《きさらぎ》水軍との約束の時刻がやってきた。美咲《みさき》と静花《しずか》は、結局、颯太《そうた》の居場所がつかめぬまま彼らと対面することになってしまった。

浜にむかうと、さきほど桟橋《さんばし》のそばにいた水夫《かこ》たちはもういなかった。代わりに、岸に着いたばかりの伝馬船《でんません》から、積み荷を陸におろして運ぶ人足がせわしなく行き来している。

すこし遅れて桟橋に漕《こ》ぎついた船に、見覚えのある顔を見つけた。士榔《しろう》である。

「よっ、ひさしぶりだな、半妖怪」

士榔は桟橋の手前でまつ美咲にむかって、にかりと白い歯を見せて笑い、片手をあげた。

美咲は自分が半妖怪だと見抜かれていたことに驚いた。

士榔の声は低めですこし嗄《しゃが》れているが、味のある魅力的な声色だ。こんな声だったかしらと美咲は記憶をたどる。

かっちりとして日に焼けたからだに緋羅紗《ひらしゃ》の陣羽織《じんばおり》一枚をはおり、膝上丈《ひざうえたけ》の袴《はかま》からは男らしくもすっきりとした脛《すね》がのびている。遠野《とおの》で見た前掛け姿のときよりもずっと引き締まって精悍《せいかん》な印象を受ける。

「おひさしぶりです、士榔さん。西《とり》ノ分店《ぶんてん》の美咲です。その節はお世話になりました」

美咲は遠野で情報提供してくれたことにあらためて礼をのべた。となりの静花も丁寧《ていねい》に頭をさげる。

「那智《なち》から聞いたぜ。颯太の面倒見てくれたって。しかしなんだか知らんが大変なことになってんじゃねーか、おまえ」

士榔は美咲を見下ろしながら屈託《くったく》のない調子で言う。

「えっ？　そうなのよ。颯太くんがいつのまにか攫《さら》われちゃって……」

美咲は、颯太が拉致《らち》されたことが、なぜもうこの男の耳に入っているのかとけげんに思いながら、あたふたと告げる。たしかにそばに颯太の姿はないのだが——。

「なに、颯太が？　またひっつかまりやがったのか、あのバカは」

美咲の言葉を受けた士榔は、きりりとした眉《まゆ》をよせて舌打ちした。

（あれ……？）

やはり、士榔はたったいまそのことを知ったようすだ。

「ごめんなさい。あたしたちがしっかりしてなかったからはぐれちゃって。魚河岸《うおがし》にいたおじさんが、小さな男の子がどこかの海賊衆に攫われるのを見かけたって……」

会話が嚙《か》みあっていなかったことに違和感をおぼえながらも美咲は平謝りする。

「おお、ゴキブリみてえにちょこまか動くガキだから、うっかり見失っちまうんだよな。仕方ねーな。犯人の目星はついてる。攫われたのなら取り返しに行くまでだ」

士郷はとりたてて動揺することもなく、決然と言う。

相手がわかっていることに、美咲たちはまた驚いた。

「犯人って、だれなの？」

「奏水軍《かなで》。目下《もっか》、縄張《なわば》り争い中のクソ野郎共だ。鳥羽港《とば》の飯場《はんば》で颯太をかっ攫ったのもそいつらに違いねえ」

奏水軍とは、隠《かく》り世《よ》の関西の海一帯を支配している海賊衆なのだという。そういえばさきほど出港していったことを耳にした。

「いったいなにが目的なんですの？」

静花が問う。美咲もそれが気になった。

「竜宮島《りゅうぐうとう》の統治権だ。あの辺一帯は、おれたちが東の海をシメるようになる前までは奏水軍が支配してた。その名残《なごり》で、あの島だけはずっとやつらの支配下にあってな、最近になってようやく帆別銭《ほべちせん》だけはこっちに支払われるようになったんだが、どうもそれが気に食わねーらしい」

隠り世の竜宮島周辺は暗礁《あんしょう》や浅瀬が多い海の難所である。帆別銭とは、そこの水先案内や盗賊の難を免《まぬか》れるために支払う警固料、および、竜宮島への入港料のことをいう。

「奏水軍は、島の統治権を取り戻したがってるってこと？」

「そういうことだ。実質、島の内部ではいまも奏水軍のやつらが幅をきかせてる状態で、島民たちもビビッてこっちにはなかなか懐《なつ》いてこねえ。そろそろけじめをつけてやろうと思ってたところだ」

士榔は鼻息を荒くして言う。

「むこうは、颯太君を人質にとって取引をもちかけてくるつもりなのね？」

「おれは応じる気なんかねーよ。もちろん颯太を手放す気もねえ。どうせ連中はあの島に張ってるだろうから、いまからちょっくら行ってひと暴れてして奪還《だっかん》するまでだ」

美咲と静花は顔を見あわせた。彼らはこれから竜宮島に行くということだ。自分たちの目的地もそこである。

「まって、士榔さん！」

願ったり叶《かな》ったりの展開に、ふたりは背をむけて船に戻りはじめた士榔を引きとめる。

「あたしたちも、一緒に竜宮島に連れてってってください。颯太くんを助けたいわ」

美咲はどちらかというと、人攫いの調査よりも、そっちの思いのほうが大きかった。無事に引き渡すはずがこんな事態になってしまって、那智にも士榔にも申しわけない気持ちでいっぱいだ。

「獣《けもの》のおめーらになんかできることあんのか？」

ふり返った士榔は、腕組みして冷静にふたりの娘たちを見下ろしながら言う。

「ええと……、海中戦になったら力は貸せないけれど、陸《おか》や甲板《かんぱん》でなら御封《ごふ》で戦えるわ」

美咲が真剣に返すと、士郁は思案顔《しあんがお》のまま、しばし黙り込んだ。眦《まなじり》の深く切れ込んだ鋭いまなざしが、計るようにこちらを見据《みす》える。

士郁の瞳《ひとみ》は野性味たっぷりで如才《じょさい》ない、まるで鷹《たか》の目のようだ。颯太は父親似だと思っていたが、子供であることをさし引いてもここまでの鋭さはない。

美咲は色よい返事を期待しながら緊張してまつ。

「…………」

黙ってまつにはやや長い時間が流れた。よほど熟考《じゅくこう》しているとみえる。

「ちょっと島を見てみたい気もしますの」

静花がしびれを切らして小声でさりげなく訴えると、

「ハッハッハ、実はその観光が目的ってか。……いいぜ、乗れよ。颯太がしばらく世話になったことだしな」

そう言って表情をゆるめ、美咲たちを艀船《はしけぶね》にうながした。


船の規模は櫓《ろ》の数で見分けられる。

如月水軍の本船、つまり総大将を乗せた御座船《ございせん》は、百挺立《ひゃくちょうだ》ての、甲板に城のように豪華《ごうか》な矢倉《やぐら》が設《しつら》えてある巨艦で、いまは日本海側を航行中なのだという。

今回、美咲たちが乗ることになった参謀《さんぼう》である彼の船は、それよりもやや規模の小さな八十挺立ての関船《せきぶね》と呼ばれるもので、尖《とが》った舳《みよし》にスマートな船体をもった和船だった。それでも兵員三十、水夫《かこ》四十人ほどが乗り込んでおり、大磯《おおいそ》に碇泊《ていはく》している船の中では一番大型で、艀船で漕《こ》ぎよせてそばで船腹を見あげればかなりの迫力があった。

ふたりは士椰の手下の案内で関船に乗り込んだ。

美咲と静花を乗せた如月水軍の船は、風を受け、波を切りわけて一路、竜宮島へとむかう。甲板の隅には縄梯子《なわばしご》や槍《やり》などが無造作に置いてあり、至るところに潮《しお》の香りがしみ込んでいた。吹き流しや幟《のぼり》が風にはためいているのも間近で見ることができる。

「ひろーい……」

陸をはなれ東西南北のすべてが雄大な大海原になると、美咲の中で方向感覚がなくなった。波にゆすられ、沖を渡ってきた海風に頬《ほお》をなぶられる。

「うう……美咲さん、わたくし気分がすぐれないので横にならせていただくわ」

乗船して三十分も経《た》たぬうちに、口元をおさえた静花が船酔いを訴え、矢倉に籠《こも》った。大型の船ではあるが、豪華客船とはゆれ具合がちがうので体に負担がかかるのだという。

豪華客船の乗り心地なぞ知らない美咲は、まだしばらくは酔わずにいけそうだった。

海は青い。あたりまえのことなのだが、延々とひろがる海原を見ているとそれしか感想が思い浮かんでこない。ただし、板子《いたご》一枚下は地獄——この海の中には吸血魚や食肉藻《そう》などの恐ろしい海妖怪がひしめいているし、こんな沖で放り出されれば自分はまちがいなく溺死《できし》するだろうから、八方塞《ふさ》がりの恐怖心みたいなものはあった。

船の軋《きし》みと波しぶきの音を聞きながら甲板で沖を眺めていると、静花に代わって士榔がやってきた。

「連れがのびちまったみてーだが、おめーは大丈夫なのか？」

「ええ。……士榔さん、すごいわね。こんな大きな船を動かしてるなんて。天地紅組《てんちべにぐみ》から足を洗って、船乗りになってからどれくらいで如月水軍の船持ちになったの？」

美咲は海風を受けている帆《ほ》を見上げながら言う。

「一年たらずだな。うちは実力主義の組織だし、おれはもともとここに籍があったんだよ。ガキの頃は総大将の船に乗ってたんだが、態度が悪かったんで当時の参謀にちょっと陸《おか》で辛酸《しんさん》を嘗《な》めてこいと追い出された。それから天地紅組に十年間ご奉仕して、やっぱり海で一旗あげたいと野望を抱いて大将に頭下げたのが四年前のいまごろだ」

天地紅組から足を洗ったのは、たしかその頃のはずだ。子ができたから堅気《かたぎ》になりたかったと言っていたのを思い出す。

「士榔さん、静かにまじめに暮らしたいから足を洗ったんだって言ってなかったっけ？」

「おめーのためについた嘘《うそ》に決まってんだろうが。海妖怪はふつう、陸にいるときは身分を隠すもんだぜ」

奇襲をかけられては不利になるからだという。美咲たちが海では力を思うように発揮できないのとおなじだ。

「……で、大将に頭下げたら許されて如月水軍に戻してもらえたのね？」

「ああ。戻ってくるのをわかってたみてえな顔してあっさり頷《うなず》かれてな。おりよく当時の対抗勢力だった海賊一派を併呑《へいどん》させたのを買われて一気に船持ちになった」

「もしかしてその参謀は素質を見込んで士榔さんを陸に修行にやったのかしら」

「さあな。那智《なち》があげまんだったんだろ」

士榔はそう言って快活に笑う。

筋骨たくましい体に緋羅紗の陣羽織一枚の彼は、遠野で見たときよりもずっと存在感がある。それは彼が海妖怪だからなのか、船の頭《かしら》だからなのかわからないが、ここがこの男の居るべき場所なのだと思わざるを得ない威厳《いげん》に満ち溢《あふ》れている。

「颯太は元気にしてたか？」

「うん。喋《しゃべ》れるようになってからはとっても。……那智さんから聞きました。あの子、あなたたちふたりの子だって……」

「おうよ。かわいいだろ。那智とは天地紅組時代に事件絡《がら》みで知りあったんだけどな、居酒屋で意気投合したら三カ月後に腹ぼてになってた。あいつは仕事してたい女だったから、おれが引き取るって約束で産ませたんだ」

「はじめから士榔さんが引き取る約束だったの？」

「ああ。颯太も腹ン中にいるときは平気だったのに、生まれたとたんに雪妖《ゆきよう》の冷てえ肌になじまなくなってな。どのみち那智には育てられねー子だったよ」

士榔はすこしばかり同情の色を滲《にじ》ませて言う。

「あたし、那智さんに頼まれて、颯太を抱っこしてあげたの。士榔さんに似てちょっと口の悪い子だけど、とてもかわいかった……」

「口が達者なのは那智に似たんだろーが」

士榔は苦笑した。

美咲は颯太のぬくもりを思い出して、彼の身を案じる気持ちが強まった。いまどうしているのだろう。人質なのだから命はあるだろうが、相手も海賊だというのだから、どんな状態で身《み》柄《がら》を拘束されているか知れたものではない。まだあんなに小さな子なのに――。

「奏水軍は、どうやって今日、颯太が大磯《おおいそ》に来ることを知ったのかしら?」

「颯太ではなくおれたちの動きを読んで動いたんだろう。颯太がもう一度、どこかの港からおれの船に乗るのは見えてる。この船があいつを拾うためにどこへむかうのか。潮の流れを読めば颯太が流れ着いた浜もおおよそつかめるから、それとあわせてあらかじめ港の予測をつけて陸《おか》に張ってた。そこに予想通り颯太があらわれたから隙《すき》を見てうまいこと攫ったわけだ」

誘拐《ゆうかい》は海賊の十八番だと士榔は笑う。

「なるほど。……竜宮島には悪い噂《うわさ》があるんだけど、なにか知ってる?　どうやら現《うつ》し世《よ》から人間を攫って、よからぬことをしているやつらがいるみたいなの。奏水軍が絡んでいそうよね。攫われてしまった人間はどこでどうなるのかしら」

「知らねーよ、ためしにおまえがつかまってこい」

「なんて薄情なこと言うのよ、士郷さん」

即答した士郷を美咲は軽く睨《にら》む。恩知らずも甚《はなは》だしい発言ではあるが、この男が言うとなぜか憎めない。

「まあ、玩具《おもちゃ》か食用にされるんだろうな。橘屋《たちばなや》が把握《はあく》できてねーだけで、人間なんてこっちじゃかなりの頻度《ひんど》で売買されてっから、あすこだけ取り締まってもどうにもならねーと思うけどな？」

「玩具か食用……」

やはりそういう用途なのかと美咲はすこし青くなる。以前、土蜘蛛《つちぐも》が事件を起こしたときにも、隠《かく》り世《よ》に連れてこられた人間は、彼らの私利私欲のために犠牲《ぎせい》になっていた。けれど、たとえ竜宮島の件が氷山の一角なのだとしても、わかっているものを黙って見すごすことはできない。美咲は、橘屋として島の人攫いのカラクリを暴かねばならないとあらためて思う。

「遠野の件は無事に片づいたらしいな。舎弟《しゃてい》をひとり、高野山《こうやさん》にぶち込んだって。さすがに椿《つばき》の姐御《あねご》まではパクれなかったみてーだが」

「ええ。はっきりした証拠がなくて。むこうもそのへんは慎重《しんちょう》にやっているみたい」

「ハッハッハ。おれたちとおなじだ」

士郷は悪びれもせずに豪快《ごうかい》に笑う。自分たちもなにかしらの悪事を働いていることを実に堂々と認めているふうだ。一緒になって笑うわけにもいかず、複雑な気持ちで美咲が彼を見た瞬間――。

きらりと閃《ひらめ》くものを視界の端にとらえて、美咲は本能的にうしろに跳《と》び退《すさ》った。

(士郷さん?)

状況を理解した美咲は目を剝《む》いた。たったいままで陽気に笑っていた士郷が、なぜか腰に佩《は》いていた刃物を構えて美咲に襲いかかってきたのだ。

士郷の鋭い目は、それまでの他愛《たわい》ない喋りが嘘《うそ》のように強い殺気をおびている。

刃物は刀身に反《そ》りのある湾刀《わんとう》で、刃渡りが八十センチ近くある。あんなもので刺されたら――と思う間もなく、しゅっと空《くう》を切ってふたたび切っ先が美咲にむけられる。

息もつかせぬ俊敏《しゅんびん》な動きでさらに三の突き、四の突きを見舞われるが、美咲も瞬時にかわして甲板の中ほどへと後退する。攻撃のすばやさや振りの力強さの度合いが弘人《ひろと》に似ている。つまり、腕の立つ相手なのだとわかる。

「なにするの!」

美咲も懐《ふところ》から御封《ごふ》を取り出して構え、とつぜんの剣呑《けんのん》な行為を咎《とが》めるように問う。

この男は敵か。船に乗ったのはまちがいだったのか。

颯太の誘拐自体がなにかの罠《わな》だったのだろうかと、そのまま警戒を深めて睨《にら》み据《す》えていると、士榔はにっと口の端をつりあげた。

「なかなかいい動きしてんじゃねーか。一撃目に気づけなかったらいまごろ寸斬《すんぎ》りにされて海の藻屑《もくず》だ。だてに橘屋やってんじゃねーんだな」

士榔はそう言って、湾刀を腰におさめた。

「え……？」

もとのからっとした表情で見つめられ、美咲は毒気を抜かれた。士榔からは一切の殺気が消え失《う》せている。

「き、鍛《きた》えられたのよ、強い人に」

美咲は事態がいまひとつ呑《の》み込めず、警戒を解かぬまま慎重に返す。

「そんなおっかない顔してないで、お札《ふだ》をひけ。ちょっとした腕試しだ。椿の姐御をてこずらせた女がどれほどのもんかと思ってな」

腕試し——本気で手駒《てごま》のひとつとして戦《いくさ》に利用するつもりなのだろうか。こちらも戦力になれるのならと応じるつもりではいたが、いきなりの狼藉《ろうぜき》には肝《きも》を冷やした。

「……びっくりさせないでください。なにかに嵌《は》められたのかと思ったわ」

「おう、おめー、すんなりおれの船に乗ったりしたがな、あんまり簡単に相手を信用しちゃならねーぞ。いつ裏切られて横からグサリとやられるか知れたもんじゃねえんだからな」

美咲は士槨の不穏な発言にふたたび眉《まゆ》をひそめた。単に心得を叩《たた》き込んでくれたようにも思えるし、自分を信用するなとほのめかされたような気もして、なんとなく胸騒ぎがした。

3

それからおよそ三時間ほど航海を続けた頃、沖のほうにあらたな水軍の一団が姿をあらわした。

背後には緑に覆《おお》われた島影が見える。あれが竜宮島《りゅうぐうとう》だろうか。

景色に変化があらわれたのに気づいたらしい静花《しずか》が、ちょうど甲板《かんぱん》に出てきた。

「むかいにいるのはどこの海賊衆ですの？」

船酔いのせいもあってか、眉根《まゆね》をよせた厳しい表情で彼女が士槨《しろう》に問う。

何艘かの大型船が、鶴翼《かくよく》の構えと呼ばれる、鶴が両翼をひろげたような陣形をとってこちらに迫ってくる。

「奏《かなで》水軍だ。うしろにあるのが竜宮島だ」

相手方の掲《かか》げている幟《のぼり》をみとめて士槨が言う。

こちらとおなじ八十挺立《ちょうだ》てとおぼしき大型の親船《おやぶね》に、それよりも小さな小早船《こばやぶね》が十艘近くも両側にひかえており、なにやらものものしい雰囲気《ふんいき》である。単独航行を好むという士槨のほうは関船《せきぶね》一艘。数の上ではむこうのほうが圧倒的に優勢だ。

「ずっとまちぶせしてたのかしら」

美咲《みさき》はすこしばかり不安をおぼえてつぶやく。

「ウミスズメにおれたちの動きを読ませてやがったんだろう」

海上に生息する鴨《かも》に似た小ぶりの鳥である。異界のウミスズメは密偵《みってい》代わりになるようだ。

颯太《そうた》を迎えにこの船がどこへむかうのかを見張っていたのもこの鳥だろうと士郷は言う。

「ずっと疑問だったんだけど、船員はほとんどが海妖怪でしょ。ふつうに海中で戦ったりはしないの？」

なぜわざわざ船に乗っているのか疑問だった。

「海戦の掟《おきて》ってのがあってな。いきなり船を沈めにかかるわけじゃねえ。戦《いくさ》になったら、まずはおめーが言ったとおりに先鋒《せんぽう》の海妖怪が敵方の先鋒と海中で戦う。だんだん相手の戦力を削《そ》いでいって、最後、大将どうしの海中戦になる。そこで首を刎《は》ねて相手の船を乗っ取って船腹に穴を空《あ》けたら勝利だ」

「甲板《かんぱん》での一騎打ちが海中戦に代わる感じね」

「おう。だが、大将どうしの衝突なんてのはまれだ。どの水軍もたいていその一歩手前で事態を見極めて、負けそうなら退散する。大事な船を失うわけにはいかねーからよ」

この船が、海妖怪にとっての富と権力の証《あかし》――要するに城みたいなものなのだ。

「さてと、奏水軍の野郎どもはなにを要求してきやがるかな」

士榔は奏水軍のほうに目をうつした。彼らの背後にはこんもりと緑の木々に覆《おお》われた竜宮島が見える。奏水軍の船が、島の入り口を守り固めているようなかたちだ。士榔の見たてどおり、彼らの目的は島の統治権のようだ。

奏水軍の親船の舳先《へさき》に立った妖怪が、赤と白の旗をはためかせて通信を希望していた。

士榔が短く口笛を鳴らすと、通信係とおぼしき紅白の旗と望遠鏡を携《たずさ》えたふたりの船員がすばやく駆けつけた。

「奏水軍の声明を読んでくれ」

通信係のふたりは士榔の命《めい》にそろって「はっ」と頷《うなず》くと、一方が赤と白の旗を構え、もう一方が望遠鏡で奏水軍の信号を読みあげはじめた。

「『せがれの命惜しくば、竜宮島の統治権を返還せよ』とのことです」

「やっぱりな。颯太をかどわかしたのはやつらだ。よし、『いい獲物《えもの》をつかまえてあるから、島はあきらめてそいつと引き換《か》えにしろ』と言え」

士榔の指示で、もう片方の通信係が手旗信号を送り返す。

「『いい獲物とはなんぞや』と返してきました」

通信係がきびきびと言った。

「『見てからのお楽しみだコノヤロー』と返せ」

「『承知した。座標一一六四の二〇八で対面だ』と言っています」

海上の位置を示す独特の座標軸《じく》が存在しているらしい。士榔は頷いて、その位置に碇《いかり》をおろすよう指示を下した。

「いい獲物ってなんなの？」

美咲が気になって問うと、

「見てからのお楽しみだ」

ふっと口角《こうかく》をあげてはぐらかすと、士榔はそのまま操舵室《そうだしつ》のほうへとむかう。

彼の面《おもて》は、好戦的な喜色《きしょく》で満ちている。両軍のいがみあいがどの程度のものなのか美咲には計りかねたが、潮風《しおかぜ》に煽《あお》られて、なにかざわざわと胸がさざめき、嫌な予感がしてならなかった。

ほどなくして、奏、如月《きさらぎ》両水軍の船が、指定の座標に碇をおろした。

交渉のために、十人近い手下を引き連れた奏水軍の大将とおぼしき男が、渡り板を伝って如月水軍の船の甲板にやってきた。みな一様に、青い腹掛け姿だ。

「わ……」

美咲は思わず声をもらした。

大将の容姿は非常に妖怪らしく醜《みにく》かった。ぎょろりとした丸い眼《め》は、低い鼻からはなれたところにあって魚のように無機質なにぶい光をおび、分厚い唇《くちびる》は、耳——というよりもひれに見える——のほうまで深く切れ込んでいる。背丈《せたけ》は美咲ほどしかないが横にずんぐりと太っており、肌の色は不気味な紫色《むらさきいろ》でてらてらと濡《ぬ》れたようなてかりを放つ半魚人といった風情《ふぜい》のおやじであった。

その後方に、うしろ手に縛《しば》られ、猿轡《さるぐつわ》を嚙《か》まされた颯太が、わかめのような深緑色の髪をした手下の腕に横抱きにされていた。

「颯太……っ」

美咲は思わず叫んだ。颯太はこっちを見て逃げ出そうと必死にもがくが、もちろん手下の強い力がそれを許さない。

「よう、ひさしぶりだな、大将。性懲《しょうこ》りもなくせがれに手ェ出しやがってこんちきしょうめが」

士郷が仁王立《におうだ》ちに腕組みしたまま、声だけは明るく言った。腹では怒っているのが、険のある表情にあらわれている。

「どうしてもおとなしく竜宮島を手放す気にはなれんのでな。グファファァ」

奏水軍の大将は野太い声で、水を吐《は》きだすような気色《きしょく》悪い笑い方をした。

「獲物とはどれのことぞ」

大将はまちどおしげに問う。美咲もさきほどからそれが気になって、船員のだれかが支度《したく》でもしているのだろうかとあたりをきょろきょろと見回していると、次の士榔の一言で仰天《ぎょうてん》の事態とあいなった。

「この娘だ」

どん、と背中を押され、美咲はつんのめる。

「ええっ？」

美咲は目を剝《む》いた。静花もまさかの展開に目を疑う。

「二週間ほど前、高野山《こうやさん》の高札場《こうさつば》に血文字でお礼参りの標的が書き換《か》えられた。今回の首は酉《とり》ノ分店《ぶんてん》の妖狐《ようこ》の娘――この女だ」

士榔にふたたび両腕をつかまれて声高《こわだか》に告げられ、美咲は驚愕《きょうがく》した。なんと……もう、例の情報が外部にひろがっているではないか。

「む。標的は書き換えられたとな？　そんな噂《うわさ》は耳にしておらんが、この娘がそれだと？」

大将はにわかには信じられぬようすで、ぎょろりと黒くぬめる眼で美咲を見やる。

「高野山あがりの手下がもってきたたしかな情報だ。この娘をその筋の関係者にさしだせば高値で取引できるぜ。さあ、こいつと引き換えにせがれを返してくれ」

一変して不遜《ふそん》な色をうかべた悪人面《づら》の士榔が、美咲の二の腕を押さえ込んで身の自由を奪う。

「どういうつもりなの、士榔さん！」

今度のは冗談には聞こえず、美咲は必死で士榔の手から逃れようと暴れる。

「高札場の件はほんとうですの。美咲さん？」

静花が耳を疑う。美咲は苦い顔で彼女と目をあわせる。暗《あん》に事実をみとめたかたちだ。

「はじめからわたくしたちを売るつもりで船に乗せましたのね、なんて非道《ひど》い男！」

静花は士榔に目をうつし、成敗《せいばい》しようと懐《ふところ》にある御封《ごふ》を手にするが、

「……おっと、抵抗すんなよ。ここどこ？　そう、海の上だ。おまえら、もし海に突き落とされたらもう一巻のおしまい。海上を延々とさまよって、あげくに飢《う》えた海妖怪どもの餌食《えじき》だぜ」

士榔は鋭く言い放って静花をけん制する。まわりにいた船員が、即座に静花の体を取り押さえる。

「本気で言ってるの、士榔さん！」

美咲はきっと士榔を見据《みす》える。

「簡単に相手を信用しちゃいけねーって言っただろ。さっさと水主《みずのうし》大将のところへ行け。腕試しの次は運試しだ」

士榔は美咲の身柄《みがら》を拘束したまま、ひややかな一瞥《いちべつ》をくれる。鷹《たか》のような鋭いまなざしも、いまはひどく狡猾《こうかつ》な印象を受ける。

「運試しですって？　あなたが裏切ってくれた時点で運なら尽きたわよ」

美咲は吐き捨てるように言った。思いがけず船に乗れて島にも順調にたどり着けそうだった

のに、まさかこんな目に遭《あ》おうとは。たしかに相手を簡単に信用するな、と本人から警告を与えられたが。あのときすでに、士榔は自分を利用するつもりでいたのか。

大磯《おおいそ》で再会したとき、士榔は開口《かいこう》一番えらいことになったなと言った。あれは颯太のことではなく、高札場の件についてを言っていたのだ。だから会話がかみあわなかった。

人当たりはいいし、那智《なち》と親しい存在だからとはなから信頼していたが、うかつだった。

すると出方を黙考していた奏水軍の大将――水主が、

「よかろう。そちの交換条件は呑んだ。その娘の首はわしが貰《もら》い受けようぞ」

意外にもあっさりと応じてしまったので美咲は蒼白《そうはく》になった。

「いやよ、まだ死にたくないわ」

どこか知らない土地の妖怪に売り飛ばされ、そこで首を狩られて高野山の手土産《てみやげ》にされてしまうのだ。颯太が士榔のもとに帰れるのは万々歳《ばんばんざい》だが、自分の身の上を思うと美咲はとても喜ぶ気にはなれない。

「冥土《めいど》の旅もひとりじゃさみしいだろうから、こっちの綺麗《きれい》どころもつけてやる」

士榔はそう言って手下に静花の身柄を引き渡すよう目で指図する。

「静花さん！」

小ぎれいな静花の容姿に見とれていた奏水軍の手下が、いちはやく彼女の背後にまわって身を引き取り、羽交《はが》い締《じ》めにする。

「さわらないでちょうだい！」

静花が柳眉《りゅうび》を逆立《さかだ》ててぴしゃりと言うが、手下もなかなか腕力がある。大将の命《めい》を受けるまでもなく、あっという間に後ろ手に縛られた。

おなじように手下に引き渡され、縄をかけられて手足の自由を奪われた美咲も、士榔の裏切り行為にはぎりぎりと歯を嚙みしめるしかなかった。ここは海だ。士榔の言うとおり、いま彼らに逆らって海に投げ込まれたら土左衛門《どざえもん》になって腐《くさ》るまで漂流することになる。両軍の船員すべてを敵にまわして戦闘にもち込んでも勝ち目はない。抵抗しても無駄なのだ。

「交渉成立だ。高野山の高札場の真偽《しんぎ》のほどは、のちのち聞こえてくるであろう。もし事実ならばこれは思わぬ収穫だぞよ。グファファ」

水主《みずのうし》はしたり顔で舌なめずりする。紫色のぬめった舌が気色悪くて、美咲らは目をそむけた。

彼の命令で、颯太にかけられていた縄や猿轡がはずされた。

自由になった颯太は父親のもとへと一目散《いちもくさん》に走る。その小さな体は、士榔の引き締まった腹にぶつかってしかと抱きとめられた。

「父ちゃん、あいつおれのこと助けてくれた女だ」

士榔を見上げた颯太が美咲のほうをさして、こんなことはだめだと咎《とが》めるように言う。

「颯太……」

美咲は、彼が幼いながらも情に厚い面を知って胸が熱くなった。

「おう、でもおめーがポカやらかしたばっかりにこんなことなっちまったな。もう好き勝手にちょろちょろ動くんじゃねーぞ？」

士榔は颯太の頭を拳《こぶし》でかるく小突きながら言う。彼はあくまで颯太が優先だ。彼さえ無事ならこっちの命なぞどうでもいいのだ。

船員からは慕《した》われているようだし、会話を交《か》わしたときの印象からもっと情け深い男だと思っていたが、彼の情けは仲間や血族のみにかけられるものらしい。

ふたりの娘たちを獲得した奏水軍の大将は、手下とともに彼女らをひったてて自分たちの親船に引き返しはじめた。

「竜宮島の統治権に関してはいましばらく現状のままで辛抱《しんぼう》してやろう。いずれそちらを皆殺しにし、船を沈めて奪い返してやるがな」

水主《みずのうし》は、士榔を尻目《しりめ》に不穏な発言を残す。すると、

「まだあきらめねーってか。しつこく干渉《かんしょう》してくる気なら、次に会うときは戦だぜ。度肝《どぎも》を抜く猛攻を仕掛けてやるから首を洗ってまってろ」

士榔も大将の背にむかって負けじと朗《ほが》らかな口調で宣戦布告した。

度肝を抜く猛攻とはなにかと美咲は思う。

「おい、おまえら、自力で逃れるって道もあるぜ。おれも後味わりーから、うまいこと逃げのびて達者で暮らしてくれよ」

士榔は美咲たちに目をうつし、額《ひたい》に手などかざして悪びれもせずにしゃあしゃあと言う。

「なんて薄情なの！」

美咲は怒り心頭《しんとう》のまま、信じられないといったふうに士榔をにらんだ。

「恩を仇《あだ》で返すなんて……、この人でなし！　さすが如月水軍ですわ」

静花も士榔のほうをふり返って毒づいた。

美咲も軽蔑《けいべつ》のまなざしで彼を見る。お上《かみ》と総大将の確執《かくしつ》が影響してこそのこの所業《しょぎょう》なのだろうか。まったく血も涙もない連中である。こんなのが父親だなんて、颯太もかわいそうだ。

このままではいられない。なんとかして奏水軍の手から逃れなければ、いずれ自分は首を刎《は》ねられて高野山への手土産になってしまう――。

4

自分たちを犠牲《ぎせい》にして颯太《そうた》を奪還《だっかん》した如月《きさらぎ》水軍は、もと来た航路をゆっくりと引き返していった。奏《かなで》水軍の親船《おやぶね》の帆柱《ほばしら》に括《くく》りつけられ、槍《やり》を突きつけられた状態で、なんとも口惜《くちお》しい思いでそのようすを見送ったふたりは、そのまま竜宮島《りゅうぐうとう》へたどり着くことになった。

竜宮島は、隠《かく》り世《よ》の東京から百キロほど沖にあるひょうたん型をした島で、沖乗り航路の要《よう》衝《しょう》として栄える交易の場である。

岬《みさき》には帆別銭《ほべちせん》の徴収を行う船奉行《ふなぶぎょう》が常駐している。奏水軍の親船は、帆別銭の支払われていることをあらわす過所旗《かしょばた》をかざしているのでそのまま入港を認められた。これがかつては自分たちが握っていた権利なので、奏水軍としてはおもしろくないところなのである。

下船したあと、美咲《みさき》たちは、海にせり出している断崖絶壁に築かれた館までむりやり歩かされた。

以前は奏水軍の根城でもあったというその建物は、黒岩石を土台にした五階建ての壮麗《そうれい》な木造の高殿《たかどの》だった。沖縄《おきなわ》に見られるような赤瓦葺《あかがわらぶ》きの反《そ》り返った屋根に、梁《はり》や棟《むね》は赤、黄、青の原色に加えて金の彩色《さいしき》が装飾的にほどこされていた。大棟《おおむね》の両端では口を開いたいかめしい龍が睨《にら》みあっているため、島人たちから竜宮閣《りゅうぐうかく》と呼ばれているのだという。

「竜宮城ってこんなかんじかも……」

浜から続いている、高い壁に囲われた砦《とりで》のような石階段からそこへたどり着いた美咲たちは、豪奢《ごうしゃ》なその楼閣《ろうかく》を見上げて思わずため息をもらした。

土台の黒岩石の部分には洞穴《どうけつ》のようなくぼみがあり、鉄柵《てつさく》によって外部と隔《へだ》てられた檻《おり》があった。いったいなにを閉じ込めるというのだろう。中には茣蓙《ござ》が敷かれ、鏡台や文机《ふづくえ》など、人が住んでいるような世帯道具も備えつけられているように見えたので、美咲は妙に気になった。

美咲たちを連れた一行が到着すると、

「お館様、いらっしゃいませ」

と、数人の女たちがならんで出迎えた。いまも、建物の権利はこの大将の手にあるようだ。女たちはみな薄絹《うすぎぬ》の着物を重ね着して領巾《ひれ》をまとい、髪も双髻髷《そうけいまげ》に結いあげて、さながら天女のごときいでたちだった。

建物の中も、外装とおなじく梁や棟に色鮮やかな装飾がほどこされて贅沢《ぜいたく》なつくりになっている。真ん中に階段があって、吹き抜けの天井《てんじょう》には魚の泳ぐ姿の透かし彫りがしてあった。

「これらの女人《にょにん》どもはいかがいたしましょう、水主様《みずのうし》」

美咲たちを捕らえていた手下が水主の指示をあおぐ。彼の無機質な魚類特有の眼《め》がぎょろりと美咲のほうにむけられる。

「こんな細くか弱そうな女人が高野山《こうやさん》のお礼参りを受けるとな？　いささか信じがたい話だわい。あの参謀《さんぼう》め、よもや私を欺《あざむ》いたのではなかろうな。グファファァ」

水主は、美咲の顔を真っ向から見つめて小馬鹿にしたように笑う。さらにすん、と穴だけの鼻をうごめかし、

「なにやら人間のような匂《にお》いもするわ。面妖《めんよう》な」

と解《げ》せない顔をする。

「あたしは半妖怪なのよ」

美咲は水主から顔をそむけて返す。どうもこの妖怪には魚の生臭《なまぐさ》い匂いが漂っているような気がして胸がつかえる。

「ほう、半妖怪となＯ。それはめずらしいことだ」

水主《みずのうし》は静花と美咲の両方にかわるがわる視線をめぐらせ、

「こっちは華やかで赤珊瑚《あかさんご》のよう。こっちは清楚《せいそ》で白珊瑚のよう。どちらもすぐに売り飛ばすには惜しい女人たちだ。すこし飾らせてみせよ」

と手下に命じた。醜《みにく》い容姿の水主だが、意外にも美意識が高いらしい。

美咲たちは身柄《みがら》を拘束されたまま、一階の奥の部屋へと引っ立てられていった。

波の絵の描かれた襖《ふすま》を開けると、大座敷に緑色の髪をした磯女《いそおんな》たちが十数人ほどいて、みなが一様に襦袢《じゆばん》姿で顔に白粉《おしろい》をはたいて化粧をしていた。ひろげた化粧箱や手鏡、それに脱ぎ捨てた着物が畳《たたみ》のあちこちに散乱している。姿見の前に立ってこれから着るらしい着物の映りを見ている女もいる。さながら昼中の郭《くるわ》のような眺めだ。

「なァに？　まだ開店前でしょ」

入り口のそばにいた磯女が気《け》だるげな声で手下の男に問う。開店前ということは、やはりここは娼館《しようかん》かなにかで、磯女たちは身を売る商売女なのだ。

「こちらの女人らも飾ってくれと大将からの命《めい》だ」

手下がふたりそろって、美咲と静花を強引に座敷の中へ押しやる。

「あら、お館様ったらまたあたらしい玩具《おもちや》を採《と》ってきたのね？」

磯女はやや呆《あき》れたようすで言う。

「玩具ですって？」

静花がむっとして聞きとがめる。すると手下の男が、彼女の手首を縛《しば》っている縄をぐいと強く引っぱって、

「逆らうなよ。ここから逃げ出したところで島のそとは海だ。おまえらが陸《おか》まで泳ぎつくのは不可能だ」

と低い声で脅《おど》した。ふたりは目をあわせて唇《くちびる》を噛《か》みしめた。たしかに、この島から本島までの百キロを泳ぎきる自信はない。敵方の状況もつかめていないし、悔《くや》しいがここはひとまず奏水軍のいいなりになるしかない。ひそかに、人攫《ひとさら》いの情報を得られるかもしれないという期待もあった。

「これから夏にかけてはよく採れるのよね。いらっしゃい、きれいなおべべを着せてあげるわ」

べつの磯女がうきうきとした顔でふたりを迎える。女はだしぬけに、尖《とが》ったぎざぎざの歯で、美咲の手首を縛っている縄をぎりっと噛み千切った。

美咲は鋭い歯先と豪快《ごうかい》な噛みっぷりにおののいて思わず身をすくめた。ふだん生血《なまち》を吸ったり貝類を殻《から》ごと食《しょく》している妖怪だけある。美しい身なりをしているが、やはり人ならぬ生き物である。

「着物を脱いで、まずはこれに着替えるのよ」

磯女たちはよってたかって美咲と静花の帯を解き、着物を脱がせた。

「なに、おまえたち生粋《きっすい》の人間ではないじゃない。こっちの女なんて獣妖怪じゃないの」

触れれば実体を見抜く程度の妖力《ようりき》はそなえているらしい。

「いかにも。わたくしは夢をあやつる獏《ばく》よ。なにか文句あって？」

静花はかねてからのうっぷんを晴らすかのように、腰に手をやって居丈高《いたけだか》に言う。

「水主《みずのうし》はいつも人間をおもちゃにしているの？」

美咲は気になってたずねる。

「ええ。ときどき無聊《ぶりょう》を慰《なぐさ》めるために連れてこられる子たちがいるの。お館様は飽《あ》き性《しょう》だから、三日も経《た》てば地下の牢屋《ろうや》で売りに出されるわ」

「売り出されるですって？」

ふたりはぎょっとする。あの岩のくぼみはそのための牢屋だったのか。

「水主はどこから人間の女を連れてくるの？」

橘屋《たちばなや》の襖を通さぬかぎり、基本的に不可能な行為である。

「島の中に人間を卸《おろ》してる店があんのよ。極秘で人肉を出してくれたりもするみたいよ」

「どこなのよ、それは」

「さあ、わたしたちにはわからないわ。お館様に聞いてみたらいいわ。あのお方が面倒をみているお店なんですもの」

磯女たちは興味なさげに言う。

「でも、あなたたちがなんのために連れてこられたのかは、ちょっとわからないわね」

「ほんとうよね。獣の妖怪なんて大した値がつかないもの」

磯女たちはずけずけと言って首を傾《かし》げる。

水主がこの島を拠点《きよてん》に人身売買をしていることはまちがいない。ただ、どこの店からどのように商品としての人間を仕入れているのかは謎だ。それをつきとめて証拠をつかまねば、彼をお縄にすることはできない。

「まあまあ、そんな辛気臭《しんきくさ》いお顔をしていないで。ほら、好きな色を選びなさい。あんたたちはふたりとも色が白いから、淡《あわ》い色でも似合うわよ。この薄紫《うすむらさき》なんて素敵じゃない？」

べつの磯女が薄絹の、羽衣《はごろも》のような風合いの着物を幾種類かもってきて言った。するとまわりにいた磯女たちもよってきて、ああだこうだともめながら、着物を幾重《いくえ》にも重ねて着せつけてゆく。色があわないとひとりが言えば、こっちがいいとあらたな着物をひっぱりだしてまた着せなおす。美咲はまるで着せ替え人形になって遊ばれているような気分だった。

ほどなくして着つけがすんだ。

髪は磯女たちとおなじように双髻髷に結われ、珊瑚や瑪瑙《めのう》の嵌《は》め込まれた髪飾りをほどこされる。最後に薄く柔らかな薄紗《はくさ》の領巾《ひれ》を肩にふわりとかぶせると、磯女たちが手をうって感嘆《かんたん》の声をもらした。濃い色の襦袢から、少しずつ段階的に淡くなってゆく色の変化がたしかに美しい。表仕掛けには細かな輝石《きせき》がちりばめてあり、動くたびにチカチカと光を放つ。

おなじころ、となりでべつの磯女たちに着せ替えられていた静花も解放された。彼女も髪を結われ、薄絹の衣を幾重にも重ねて着せつけられていた。うっすらとほどこされた化粧によって、華やかな面立《おもだ》ちがいっそうひきたって美しい。

「水主《みずのうし》はあたしたちをどうするつもりなのかしら」

「わかりませんわ。磯女たちの言うことが正しければ、おもちゃにされたあげくに、飽きたらあの檻《おり》のなかに入れられる――そして、だれかに売られるといったところね」

ここに連れてこられた人間がどんな目に遭《あ》うのか、身をもって知ることになってしまったふたりは、姿見にうつった見慣れない自分の姿を複雑な心地のまま眺めた。


大学の用事を終えた弘人《ひろと》は、外で昼食をすませてから今野家《こんのけ》に帰宅した。

美咲も颯太《そうた》を如月《きさらぎ》水軍に送り届け、いまは竜宮島で人攫いの件についての調査を行っているころだろう。午後からはすることもないので、いまから自分もむかってみようかと思案《しあん》していたところに、雁木小僧《がんぎこぞう》が血相を変えてやってきた。

「若、大変です。お嬢さんと静花さんが奏水軍の捕虜《ほりょ》になったそうです！」

縁のほうから声を張りあげた。

「なに？」

とつぜんの報告に、弘人は面食らった。

「なんで奏水軍が出てくるんだ？」

奏水軍というと、たしか関西の海をとりしきっている海賊衆である。

「さきほど子ノ分店《ねぶんてん》の店員から知らせが入りました。どうやら颯太が大磯《おおいそ》の港で奏水軍に攫われたらしく、如月水軍の士郷《しろう》が颯太を取り戻すために取引したようです。なんでもお嬢さんは高野山《こうやさん》のお礼参りの標的になっているとかで、竜宮島の統治権の代わりに、船に乗せていたお嬢さんの身柄《みがら》を提供するからと言って差し出し――」

「奏水軍がそれに応じたのか。竜宮島の統治権ってのはなんだ？　まてよ、あの島はどこの支配下にあったんだっけな。奏水軍だったか？」

「いまは如月水軍になってます。奏水軍はそれが気に入らないようで、なにか警固料がらみでいろいろともめているらしく……。颯太を鳥羽《とば》港で攫ったのも、島を取り戻したさに奏水軍がしでかしたことみたいっす」

おおかた奏水軍もなにか悪事をはたらいていて、万が一ことが発覚して自分が高野山に入ってしまった場合にそなえて美咲を確保したのだろう。あるいはだれかに売るつもりか。彼女の首をもって入れば、むこうでは金と地位が約束される。士郷ももちろんそんな敵方の腹を計算に入れて美咲を差し出したのにちがいない。

「それより、若。お嬢さんがお礼参りの標的になってるってのは事実なんすか。なんかの冗談すよね？」

雁木小僧が硬い表情で問う。

「いや、それがほんとうなんだ」

弘人も険《けわ》しい面持《おもも》ちのまま頷《うなず》く。口外《こうがい》しないとわかってはいるが、念のため店員らにはまだ知らせてはいなかった。

「そんな、なんでまた……」

雁木小僧は思いがけず弘人に肯定《こうてい》され、衝撃のあまり二の句が継げない。高札場に血文字で名を書かれて生き残れる確率は五分五分《ごぶごぶ》だといわれている。青ざめた顔で、ただ縁を見つめるばかりだ。

「いろいろと目立ちすぎたらしい。士椰ははじめから美咲の首に価値があることを知っていて船に乗せたんだろうな」

酒天童子《しゆてんどうじ》が箝口令《かんこうれい》をしいてくれたはずだが、漏《も》れるところからは漏れているようだ。油断していた、と弘人は歯噛《はが》みする。

雁木小僧は言った。

「お嬢さんたちは、いまは船をおりて竜宮島に軟禁されている状態なんだそうっす。如月水軍は島に何人かの密偵《みつてい》を潜り込ませてあって、相手方の状況もしっかり把握《はあく》しているらしいのですが……」

「しかし、そのいきさつをすでに子ノ分店の店員が知っているってのも妙だな。時間的に、まだ如月水軍も酉《とり》ノ区界の沖にいるはずだろう？」

「知らせをよこしたのは那智《なち》って女の店員です。たしか颯太を産んだ女ですから、士榔はせがれの無事をいちはやく彼女に知らせたかったんじゃないっすかね？　那智さんは電話口ではかなり動揺してましたが……」

今度は美咲らの身が危うくなったのだから無理もない。

弘人はしばし黙り込んで考えた。美咲らは竜宮島に行きたがったはずだから、快《こころよ》く船に乗せて島にむかうふりをして、そのまま身動きの取れぬ海上でふたりを奏水軍に引き渡したのだろう。目的はもちろん愛息の奪還だ。だが、橘屋の店員である那智にその経緯《けいい》を話せば、こちらにも情報は伝わってしまう。それをわかっていながら、なぜ士榔は彼女に知らせたのだろう。

「やつらは無法者の海賊衆だ。ことはうまく運んだんだから、ふつうならそのまま黙ってずらかりそうなもんだがな……」

颯太を保護してくれた美咲をそのまま利用して見捨てるのは忍びないので、恩返しのつもりでご丁寧《ていねい》に知らせをよこしたというのだろうか。美咲は橘屋本店の子息の嫁である。その彼女を厄介《やっかい》ごとに巻き込んだらこちらの怒りをかうことは必定《ひつじょう》であるのに。

「子ノ分店の番号を教えてくれ。那智はまだ勤務時間中だよな？」

弘人は雁木小僧にむかって冷静に問う。

「ええ。いまさっき話したばかりですから」

(知らせを受ければ、こっちは当然助けにむかうことになる。島に何人かの密偵を潜り込ませてあって、相手方の状況もしっかり把握しているとなると……)

雁木小僧の告げる番号で那智を呼び出しながら、弘人の中にはあるひとつの結論がうかびはじめていた。

もしや、士榔はおれを動かすのが目的なのではないのか、と——。

第四章　水底の禊

1

水主《みずのうし》の命令によって美しく着飾られた美咲《みさき》と静花《しずか》は、好きにすごせと、館の土台部分にあたる黒岩石の牢屋《ろうや》に閉じ込められていた。

「案《あん》の定《じょう》、ここなのね……」

水主が遊び飽《あ》きた人間の女は、この牢で売りに出されるのだという。

好きにすごせと言われても、文机《ふづくえ》と、夜具の押し込んである長持《ながもち》、それに鏡台があるだけの空間だからなにもすることが思いつかない。

四隅には蠟燭《ろうそく》の溶けかけた燭台《しょくだい》があり、過去にここですごした者がいたことを物語っている。

天井《てんじょう》は低く、ごつごつとせり出した岩石にはひからびて白くなったフジツボなどが貼《は》りついていてほんのり潮《しお》の香りがした。

「んもう、なんでわたくしたちがこんな乙姫《おとひめ》ルックで檻《おり》に閉じ込められなければならないの？」

静花は鉄柵《てっさく》に手をかけて憤《いきどお》る。柵のむこうは道をはさんで飲食店がならんでいるが、いまは昼間のせいか商《あきな》いをしているのは一軒のみで、人通りもほとんどない。

「でも、静花さん、ちょっと似合ってるわよ、その格好」

美咲はくすりと笑って率直な感想を漏《も》らす。乙姫、まさにそんな印象だ。

「あら、美咲さんも、瑪瑙《めのう》の髪飾りがかわいらしくってよ。でもこんなところで見世物《みせもの》になっている場合ではないわ。なんとかして外に出ないと。美咲さんは首が飛ぶし、わたくしだってあのような魚類のぬめぬめの殿方《とのがた》たちに手籠《てご》めにされるなんて悪夢よ」

柵のむこうに控えている半魚人の見張り番を見やって静花が言う。首が飛ぶ——彼女は、美咲が高野山《こうやさん》のお礼参りの標的になっていることに当然驚いた。自分とていつその身になるかわからないので親身《しんみ》にもなってくれた。

「まったく士郷《しろう》さんのせいでとんでもないことになったわね。あの恩知らず！」

ためしにつかまってみろと冗談を言われたが、ほんとうにそうなってしまった。

「海賊なんてもう二度と信用しませんわ。……でも、思いがけず人攫《ひとさら》いの真相に迫ることができたわね。人間を卸《おろ》している店さえつきとめれば、水主《みずのうし》は高野山へ入れることができるわ」

「たしかにそうね。どのみち危険な目にあわなくちゃ、ここまではたどり着けなかったのかもしれないわ」

ふたりが文句をたれながらも、まずはどうやってここを抜け出すかをひそひそと話しあっていると、水主が様子を見にやってきた。

「見違えるほど美しくなったな、獣《けもの》の娘たち。そちらはこれですっかり海の女だぞよ。グファファ」

水主は鉄柵のむこうから、ふたりの姿を頭のてっぺんからつま先まで舐《な》めるように眺めまわして満足げに言う。

（磯臭《いそくさ》い……）

この半魚人然とした顔を見るだけで、息がつまりそうになる。となりの静花も不快らしく、美咲とおなじように鼻にしわをよせている。

「しばらくここで見世物となっているがよい。そちの首に価値があるとはいまだ信じがたいが、その筋の買い手がついたらばよく吟味《ぎんみ》して引き渡しの手はずを整えようぞ」

水主は無機質な眼《め》で美咲をじっと見つめ、にたりと笑う。

粘《ねば》るような喋《しゃべ》り方なので、いちいち背筋に悪寒《おかん》が走る。人身売買については、あえて追及しないでおいた。問いただしたところで、橘屋《たちばなや》である美咲たちに正直に店の名を吐《は》くとは思えない。

「あいつをこっちに呼びよせて鍵《かぎ》を奪うしかないわね」

水主が去ってしまってから、美咲は見張り番の男のほうを見ながら静花に囁《ささや》いた。

見張りの男はひとりだ。腰に、檻の鍵をぶらさげている。

ここを出て戦闘になったときのことを考えると必要になってくる。持参《じさん》したぶんは船で取りあげられてしまったから、あらたにこしらえるための紙と墨《すみ》を調達せねばならない。

（御封《ごふ》がほしいわ）

静花と相談して、筆記用具は見張りの男に願い出てみようということになった。

「ねえ、ちょっとそこの素敵な尾びれのあなた」

いちおう勇気を出して褒《ほ》めながら美咲が呼んでみると、男は機嫌《きげん》よくふり返った。後頭部から背中にかけて大きな背びれがあり、ここの多くの住人がそうであるように青の木綿《もめん》の腹掛け姿で槍《やり》を一本もっている。口はタコのように前に突き出ている。こんな口に唇《くちびる》を吸われたらたまったものではない。

「手紙が書きたいのよ。水主様《みずのうしさま》への恋文《こいぶみ》よ。きっとおよろこびになるでしょ。たくさん書きたいから、できるだけ薄い紙と、水に強いとびっきり濃い墨をくださらない？」

「恋文だと？　おれっちにも書いてくれるならもってきてやってもいいぞ」

いかにももてなさそうな妖怪だから、冗談に聞こえない。

「い……いいわよ。じゃあ、ふたり分よろしくね」

美咲はつくり笑いを浮かべて頼み込む。

ほどなくして、紙と墨と筆が檻の隙間《すきま》から与えられた。

「そいつは銀ダコの墨だから水ん中でも滲《にじ》まん。紙も海藻《かいそう》の繊維《せんい》が織り込んであるから薄いが水に強い。海の中でもひろげて読み返したいんだ」

番人は硯《すずり》にたまった真っ黒の墨や手触りのよい紙を指さして言った。

「へえ、そうなの、ありがとう」

番人の目に触れないよう檻の隅に身をよせて、美咲と静花は交代でそれぞれの御封をつづった。手の空《あ》いた方が、折り目をつけた紙を手で三寸四方に切りわける。

一時間近くがすぎた。

「ねえ、素敵な尾びれのあなた、手紙が書けたからちょっとこちらまで来て読んでみてくださらない？」

静花が、いちおうそれらしいものも用意しておいて番人を呼びつけた。

「どれどれ」

番人は頬《ほお》を上気させながら檻のそばにやってきた。よもや攻撃を受けるとは思っていない。

手紙を差し出すと、受け取った番人が水かきのある手で嬉《うれ》しそうに紙をひろげた。

「……しまった、おれっち字が読めねえよ」

なんとなくしくじった感のある反応だ。

「そうなの？　でも、いいの。――ごめんっ」

横にいた美咲が檻の隙間から手をのばして、ひそかに握っていた御封を番人の腹にびしりと貼りつけた。

番人はぎょっと目を剝《む》いたが、抵抗する間もなく黄金色《こがねいろ》の焰《ほむら》がたって、妖力《ようりき》を封じ込められてしまう。さらにとなりの静花からも御封を見舞われ、二種の妖力を同時に受けた番人は、完全に目をまわして気を失った。

「やったわ」

見張りのわりに、それほど強い妖怪でもなかった。悪い男ではなさそうだからすこしばかり良心が痛んだが、致《いた》し方《かた》ない。

「さあ、鍵をいただきますわよ。ちょっと失礼」

静花は白眼を剝《む》いて倒れている番人の腕に手をのばし、ずるりと手前に引っぱって近づけてから腰の鍵を抜き取った。

「見つかる前に逃げなくちゃいけないわ」

さいわい通行人はいない。檻の外側に手をまわして錠《じょう》をはずすと、ふたりはもういちど慎重《しんちょう》にあたりを確認してから檻を出た。

「まって、美咲さん。ここにわたくしたちがいる幻《まぼろし》を張っておきましょう」

静花が引きとめた。彼女は夢幻《むげん》を操る力をもっている。ここに自分たちがいるように見せておけば、追手《おって》がかかるまでの時間が稼《かせ》げる。

彼女が檻の四隅に御封を飛ばすと、内部に金色の微粒子《びりゅうし》が満ちた。じきに自分と静花がその中にあらわれる。

美咲は目をしばたいた。等身大の鏡でも見ているような不思議な心地になった。髪の質から衣装の色合いや錺《かざり》の輝きにいたるまで、克明に再現されている。

「見とれている場合ではなくってよ、美咲さん」

静花に促《うなが》され、美咲も頷いて檻をあとにする。

「幻はどのくらいもつの？」

「三時間ほどかしら。でもあれが偽《にせ》モノと気づかれた時点でおしまいですわ。中味はスカスカの空《から》っぽなんですもの」

ふたりはひとまず目立ちすぎる冠《かんむり》や髪飾りの一部を頭から取りはずした。多少、衣装は華やかだが、これでそのへんにいる磯女《いそおんな》に見えるだろう。

2

現《うつ》し世《よ》の時計の針が二時半をまわる頃。

弘人《ひろと》は、奏《かなで》水軍の捕虜《ほりよ》となった美咲《みさき》らを助け出すために、雁木小僧《がんぎこぞう》をともなって隠《かく》り世《よ》の大磯《おおいそ》の浜辺に来ていた。雁木小僧とともに今日は甚平《じんべい》にゴム草履《ぞうり》というういでたちである。

沖には六《む》ツ鱗《うろこ》の紋の幟《のぼり》をたてた如月《きさらぎ》水軍の関船《せきぶね》が碇泊《ていはく》している。

参謀《さんぼう》の士郷《しろう》とおぼしき男は、艀船《はしけぶね》で浜におりて、数名の手下とともに桟橋《さんばし》のたもとですでに自分をまちかまえていた。

緋羅紗《ひらしゃ》の陣羽織姿の日に焼けた精悍《せいかん》な面《おもて》が堂々とこちらを見据《みす》えている。

「あんたが如月水軍の参謀か」

弘人は真ん中で腕組みをしているのがそれだとわかって問う。勇み肌で、ほかの男衆《おとこしゅう》とは存在感がちがう。

「来てくれると思ってたぜ、若」

士椰はにやりと笑って言った。そのせりふから、やはりすべてはこの男の目論見《もくろみ》であったことを弘人は悟る。

先刻。雁木小僧から知らせを受けた弘人は、急ぎ那智《なち》に連絡を入れた。

彼女曰《いわ》く、美咲と静花《しずか》は如月水軍と敵対している勢力・奏水軍にかどわかされた颯太《そうた》を助けるために士椰の船に乗ったのだが、士椰のバカが——那智はここを強調——妙な取引をしたために彼女らが奏水軍の捕虜になったという。そして彼女も、弘人とおなじことを考えていた。

つまり、士椰は雷神の力を利用する気でいるのではないかと。

口ぶりからして那智が士椰とグルという印象はなく、こっちには敬意を払ってものを喋《しゃべ》り、訊《き》かれたことには素直に答える模範的な店員だった。

大磯にもう一度寄港するよう士椰に伝えてほしいと弘人が頼むと、那智は頷《うなず》き、ただちに連絡をつけてくれた。彼との交信にはいつも八咫烏《やたがらす》を利用するのだという。

如月水軍の目的が自分だとしたら、素直に応じてくるはずだ。そう思って返事をまっていると、案《あん》の定《じょう》、一時間も経《た》たぬうちに、大磯で待つと那智経由《けいゆ》で返答があった。むこうもこちらの動きを読んでいたようだった。

「どういう料簡《りょうけん》なんだ。さすがやることがちがうな、海賊様は。美咲をダシにしておれを奏水軍との戦《いくさ》に利用しようって魂胆《こんたん》か？」

士郷と対峙《たいじ》した弘人は、皮肉めいた言い方で返す。勝手なマネをされて、この場で一団丸ごと始末してやりたいくらいだが、お上《かみ》が関方《せきがた》設置の件をあきらめていない以上、海の最強勢力である如月水軍との衝突は極力避けねばならない。

士郷はふっと口角《こうかく》をゆがめた。

「こっちの事情をわかってんなら話ははやい。なかなかどうして退《ひ》かねー野郎どもで、ここしばらく手こずっててな。そこへ颯太が偶然にもいい女ひっかけてきたもんだから、この際、橘屋《たちばなや》の威勢《いせい》でも借りて奴《やつ》らを一掃《いっそう》しようかと思いたったわけさ」

目的はやはり雷神の力らしい。颯太はたまたま大磯に流れ着いて美咲のもとに預けられたが、士郷にとってはそれが好都合だった。利用できる状況はあざとく利用するタイプのようだ。この若さで船持ちになったのだから、相応の野心と技量が備わっているのだろう。

「高野山《こうやさん》の件はどこから仕入れたんだ？　耳がはやいな」

弘人は慎重《しんちょう》に問う。酒天童子《しゅてんどうじ》が食いとめきれなかった情報筋ということになる。

「ちょうど高野山あがりの船員を鳥羽《とば》港で引き取ったばかりでな」

「なるほどね。しかしずいぶん虫のいい話だな。美咲を犠牲《ぎせい》にして息子を取り返し、さらにおれまで動かして利用するとは。一歩まちがったらあいつの命はないんだぞ」

高札場《こうさつば》の血文字のせいで、美咲はいつ首を刎《は》ねられるかわからぬ身だ。

「素直に頭下げて協力要請《ようせい》したところでお上と総大将のいざこざがあるから、おめーさんがすんなり応じてくれるとも思えなくてな？」

「……たしかにな」

どのみちお上との確執《かくしつ》がなくとも、力を貸してくれと頭を下げられたところで海の戦に加勢する気などない。美咲のためにここまで来ただけだ。

弘人は苛立《いらだ》ちをもてあまして、仏頂面《ぶっちょうづら》のまま沖に視線をなげた。こんな見ず知らずの男に行動を読まれ、踊らされるとはおもしろくない。美咲にもしものことがあれば、そのときは奏水軍もろとも士榔も殺すつもりでいる。

すると、

「手荒なマネをしたことは謝るぜ。念のため申《さる》ノ分店《ぶんてん》の娘もくっつけといたし、島にも密偵《みってい》をつかわしてある」

士榔はわりと真摯《しんし》な目をして言う。

弘人は頭上に視線を移す。空を行き交《か》っているウミスズメはその情報を運んでいるのだろう。万が一に備えての手は打ってあるようだ。雷神の力を利用することのリスクをしかとわきまえている。

「美咲たちはいまどういう状況なんだ？　船からはおりたと聞いたが」

「ああ、『竜宮閣《りゅうぐうかく》』の牢《ろう》に軟禁されている」

「『竜宮閣』？」

「島の端にある娼館《しょうかん》だが、いろいろ裏のあるところで、実質は奏水軍の根城だ。退去を命じても頑として動かねえ」

「奏水軍は、やっぱ島の客や住人を利用してあくどいことしてるんだな。彼らがあの島にこだわるのもそのへんが絡《から》んでるんだろう？」

「ハッハッハ。叩《たた》けば埃《ほこり》が出る身なのはおれもおなじだがな」

士榔は決して他人事《ひとごと》ではないようすで豪快《ごうかい》に笑い飛ばす。それから、

「早々に姫さんたちを連れ戻さねーとな。いまから島にむけて漕《こ》ぎすすめば、やつらは沖に出てくっから、そこにドカーンと一気にかましてやってくれよ」

そそこに面《おもて》を引きしめて言った。実際、美咲らの身を案じてのせりふなのかどうかは不明だ。

「しかし、美咲を盾《たて》にとられちゃおしまいだな」

ふとそのことに思い至って、弘人は眉《まゆ》をひそめる。

「むこうは若が乗ってることなんざ知らねーんだから、そんなマネはしてこねえだろうよ」

たしかに相手がさっさと差し出してきたような獲物《えもの》を盾にとろうとはふつう思わない。

弘人はしばし、思案《しあん》に暮れた。いまなすべきことは美咲たちを一刻も早く島から連れ戻すことだ。汚い手口で嵌《は》められた感はあるが、敵の奏水軍は海妖怪だし、いますぐに島へむかうためにも、ここはひとつ士櫛の要求を呑《の》むのが得策である。

「利用されてやるよ。雷を落とせばいいんだろ？」

実は修行の成果をためしたいという下心もあった。船を壊さずに雷神を呼べれば及第点《きゅうだいてん》だ。奏水軍はどうやら人間に手を出しているようだから、悪鬼《あっき》への制裁という大義名分もあることだし――。

「ただし船は残す」

弘人はきっぱりと言った。

「ド派手に壊してもらってかまわねーんだけどな？」

それではじめて奏水軍を撃滅させたことになる。

「残させてくれよ。おれのわがままだ。つきあってやるんだから、それくらい聞き入れろ。どうせあんたが必要なのは雷神の脅威《きょうい》なんだろ？」

橘屋との仲が戻ったとでも思わせたいのではないかと弘人は踏んでいる。

「おう。橋屋は和睦《わぼく》を結んで損はない相手だからな。おれとしては昔みてーに陸と海の双璧で仲良くいきゃいいんじゃねえかと思うんだが、総大将はいまだ意地張ってお上と和解しようとしねえ。今回おめーの手を借りてうまいこと奏水軍をつぶせたら、ちったあ気も変わるんじゃねーかと期待してのことだ」

「なるほどな」

士榔にもいろいろと思うところがあるようだ。弘人は言った。

「……ついでに船員に関しても気絶させる程度だけどいいか？」

「やけに及び腰じゃねーか」

「皆殺しにすると嫁が悲しむんだよ」

士郎はにやりと口の端《は》をゆがめる。

「若も女房に頭があがらねーのか」

「いや、ふつうに威張《いば》ってるよ。でも泣かせたくはないんだ」

美咲は殺生《せっしょう》を嫌う。できれば無駄な犠牲は避けたい。

「よっしゃ、わかった。どのみち大将はおれがやるつもりだ。乗ってくれ」

士榔は心得たようすで頷《うなず》くと、弘人たちを艀船のほうへと促した。

3

『竜宮閣《りゅうぐうかく》』の牢屋《ろうや》から逃げて、ひとまず自由の身になった美咲《みさき》と静花《しずか》は、いったん船着き場へ行って、戻りの船を探すことにした。行く先が大磯《おおいそ》でなくとも、この島を出て本島のどこかにたどり着けさえすれば、そこから抜け道をつかって家には帰れる。

船着き場には奏《かなで》水軍の親船をはじめとして五艘ばかりの大型船が碇泊《ていはく》していた。

桟橋《さんばし》のたもとに常駐している、海座頭《うみざとう》とおぼしき船奉行《ふなぶぎょう》のおやじに各船の出港時間をたずねてみると、

「あの海往丸《かいおうまる》って船が、もうじき木更津《きさらづ》にむけて出るよ。あと一刻ばかりだな」

と中型の漁船を指さして教えてくれた。一刻というと二時間ほどある。

「船をまつあいだに、人攫《ひとさら》いの真相をさぐってみましょう」

静花が小声で言って、美咲も頷《うなず》いた。牢屋を逃げ出したことが発覚すれば、水主《みずのうし》の追手がかかる可能性があるから、そううかうかとしてもいられないのだが。

まずは地道に聞き込みをしてみようと、ふたりが店の立ちならぶ沿岸の通りにむかうと、

「はいはい、おまちしてますんで、よろしくね」

料理茶屋の呼び込みをしていた男がよってきて、ビラを渡された。

見ると、半紙《はんし》になにごとか筆書きされている。

「『千客万来！　人肉もどきを食べて元気溌剌《はつらつ》に』ですって。なにこれ！」

字を読んだ美咲らは目を剝《む》いた。

「もどきというのがあやしいですわね。本物を出しているような気がするわ」

人肉を食《しょく》することは表向きには禁じられているのだから、おおっぴらには謳《うた》えない。

ふたりはさっそくその店に入ってみることにした。店構えは、浜によくある板張りの外壁に、軒《のき》に簾《すだれ》のかかった古めかしい一軒家である。

中へ入ると、小働きの磯女《いそおんな》がいらっしゃいませと頭をさげて愛想《あいそ》よく迎える。

「店主はどちら？」

「厨房《ちゅうぼう》ですけどなにか？」

「橘《たちばな》屋《や》よ。ちょっとお話を聞かせてくれない？」

静花が言うと、磯女は怯《おび》えたような顔をしながら厨房に引っ込んでいった。橘屋と聞けば逆らうことはできない。

ほどなくして店主らしき小太りした中年の男が出てきた。のっぺりした顔だちだが実体は不明である。

「なんだね。うちはやましいことはなにもしてませんぞ」

「人肉もどきって、たしかにもどきなの？　実は本物だったりしないでしょうね？」

と美咲は、困り顔で腹をさする店主に問う。

「してませんよ。あれ、見てみ」

店主はそう言って店の入り口右手にある大ぶりのいけすを指さした。中では、現し世では見たことのない鯉《こい》ほどの大きさの海豚《いるか》が何匹かするすると泳いでいる。

「あいつ、人肉によく似た味のする小型海豚。うちはあれを養殖して調理するんですわ」

「海豚……」

異界ならではの生き物だから、そう言われればそう納得できてしまう。

「本物を食べるにはどこへ行けばいいの？」

静花が、思わずすんなり答えてしまいたくなるような、実に自然な口調で問う。

「おたくら、橘屋さんでしょ？　ちょっと私の口からそれを言うのはねえ」

店主は唇《くちびる》をゆがめて難色を示す。食べられる店があることは確かのようだ。

「でもその店がお縄《なわ》になれば、お客はきっとこちらの店へ流れてきますわよ」

チャンスよ、と静花は店主が吐《は》くのをうながす。店主はしばし黙考《もっこう》したのち、

「では、私が言ったことは黙っていてくださいよ。こっから五軒ほど先に行ったところにある『極楽水園《ごくらくすいえん》』って店で食べられるって話だ。自分好みの舟幽霊《ふなゆうれい》の色男が給仕してくれるってのがウリの男子禁制のお店ですよ」

舟幽霊とは、柄杓《ひしゃく》で船に海水を入れて船を沈めてしまうことで知られる海妖怪だ。船に底の

抜けた柄杓を常備しておくならわしがあるのは、この妖怪に遭遇したときにそれを渡せば船を沈められずにすむからなのである。ほかに幻影を見せて船頭《せんどう》を惑《まど》わしたりすることでも知られている。

「男子禁制って……ホストクラブみたいなものかしら」

ふたりは店主に礼を言って店を出た。

「意外と簡単に教えてくれたわね」

美咲は店をふり返りながらつぶやく。静花の言葉にのせられて、自分の店を繁盛《はんじょう》させるためにライバルを売ったというところだろうか。

「案外、あの店も本物を売っているのかもしれないわ。海豚肉もどきの人肉をね」

「え……」

静花に言われ、美咲の胸にはなにやらうすら寒いものがひろがった。

「ようこそ『極楽水園』へ。美しいお嬢さんがた」

入り口で、若い客引きがふたりに頭をさげて、うやうやしく出迎えてくれた。

中で待ち受けていた番頭の案内によって引き戸のむこうに導かれ、そのあと、美しい巻貝や珊瑚《さんご》の欠片《かけら》などの埋め込まれた小部屋で、海水の満たされた甕《かめ》に手をつっこまされた。

「そのまま意中の男性のことを思い浮かべてください。その者が接客係としてあらわれ、あなたがたを甘美《かんび》な夢の世界へお連れいたします」

その男のことが海水に記憶されるという。

「まって、わたくしは弘人《ひろと》様に失恋してたったの二月《ふたつき》足らず。意中の殿方《とのがた》なんてまだいなくってよ」

静花はすこし不満げに言う。

「感ずるのです。貴女《あなた》様のお望みのままに」

番頭《ばんとう》は催眠術《さいみんじゅつ》をかけるようなもったりとした口調で諭《さと》すように言う。

「感ずるって……、だからどなたのことを感ずればいいというのよ……」

静花はむずかしい顔をして甕の中に浸《ひた》した手を見つめる。

その後、番頭の指示で甕から手を引きあげ、ふたりは小部屋を出た。案内されるままに壁をぬけてさらに奥の扉をあけると、そこは海の中だった。

「わあ……」

十二畳《じょう》ほどの和室で、三方の壁は全面硝子《ガラス》張り、そのむこうには色鮮やかな大小の魚が群れをなして泳いでいる。踊るようにゆれる海藻《かいそう》、美しい珊瑚礁《さんごしょう》、水底すれすれをゆっくりと泳いでゆく大ぶりの魚。まるで水族館に来たようだ。

「こちらは当店自慢の海座敷『白波《しらなみ》の間《ま》』でございます。お客様のご希望に添った色男を連れてまいりますのでしばしお待ちを」

「海座敷……」

番頭が去ったあと、ふたりして魚たちの泳ぎに見とれていると、ほどなくして着物姿の男がふたり座敷に入ってきた。

「やあ、いらっしゃい、かわいいお嬢さんたち」

座ってまっていたふたりに、片方の男が愛想よくほほえんで言った。美咲はその男の顔を見て息を呑《の》んだ。

「ヒロ……」

翡翠色《ひすいいろ》の瞳《ひとみ》をした目鼻立ちの整った美男子。髪型もからだつきも弘人そのものである。

そのとなりで、静花がもうひとりの男を見て仰天《ぎょうてん》する。優しげな細い目の、落ち着いた雰囲《ふんい》気《き》の青年。こちらは榊《さかき》に瓜《うり》ふたつである。スーツを着ているところしか見たことがなかったので、着流し姿が美咲には目新しい。

「どうしてわたくしの相手が榊なのよ。わたくしは榊など希望したおぼえなどなくてよっ。交換《チェンジ》よ、交換っ」

静花は立ちあがり、眦《まなじり》をつりあげてきーっと怒る。

「うちは、お客様の願望を憎らしいほど忠実に反映するのがウリでございますので、まちがいはないかと」

番頭はとりあってくれなかった。

「静花……」

榊が鼻息を荒くしている静花のほうへ、一歩つめよる。

「な、なによ、榊。いまわたくしの名前を呼び捨てにしたわね？　わたくしはあなたのことなんて好きでもなんでもないわ。そんな目で見つめないでちょうだい。心拍数《しんぱくすう》があがるじゃないの」

静花はぷんぷんと怒りながらも、焦《あせ》りを隠せず一歩あとずさる。

「恥ずかしがらなくてもいいよ、静花。おれのとなりにおいで」

「やめてったら榊、いつもの折り目正しい敬語はどうしたのっ？」

静花は頰《ほお》を真っ赤に染めて耳を覆《おお》う。

「静花さん、その人、ただの舟幽霊ホストよ」

美咲がすっかり取り乱している静花を気づかうと、

「いやだな、この『白波の間』にいる限りボクたちは本物の恋人だよ、ハニー」

偽《にせ》弘人が美咲のとなりにまわりこんできて腰をおろす。

「ちょっと、ヒロの顔してそんなこと言わないでよ、気持ち悪っ」

美咲は弘人にはありえないような緩《ゆる》みきった表情に思わず眉《まゆ》をひそめる。

「なに、きみの彼ってどういう男なの。甘えん坊のワンコ系？　それともツンデレタイプ？」

「いいえ。攻めっ気のあるオレ様タイプよ。いつもいじめられてるのよ」

「ふうん。こんなにかわいいのにいじめるなんてひどいね。ボクがなぐさめてあげるよ。おいでよ美咲ちゃん」

偽弘人は猫なで声で言って、美咲の肩を抱こうと腕をまわしてくる。

「ちょっとっ、なれなれしくさわらないでよ」

美咲がその腕をはねのけると、

「あ、いまのしびれた。もう一回して」

変に甘えた声を出す。

「や、やめてよ、なにこの変態。なんか鳥肌《とりはだ》立ってきたっ」

「いやだよ、そんなこと言っちゃ。ほんとうはこんな優しい彼だったらいいのにって思ってるくせに」

懲《こ》りずに偽弘人は肩を抱こうとすりよってくる。

(優しい彼?)

弘人はたしかに、言葉も態度も厳しい。もっと優しい言葉をかけてくれればいいのにと思うときも多くて、それで落ち込むこともある。

「どうしたの、美咲ちゃん。黙り込んじゃって。あっちでお茶を飲もうよ」

美咲はもしも弘人が甘い男だったらとぼんやりと考えながら、偽弘人に導かれるままに茶釜《ちゃがま》の横に座る。

けれど、いつも優しくされたらきっと甘えて自分がだめになってしまう気がする。あたりの優しい言葉ばかりならべたてられても、それがかならずしも愛情とは限らないし、逆に、言葉がきついからといって性根《しょうね》までが冷たいというわけではない。

「僕がおいしいのを淹《い》れてあげるよ。あ、熱いのは苦手？　美咲ちゃんは猫舌なんだ、かわいいね。じゃあぬるめのを用意するね」

偽弘人は、そう言ってかいがいしく茶を点《た》てはじめる。途中、濃いのはいやか、じゃあ薄めにしようか、茶菓子はなにがいいかとご機嫌《きげん》をとってくる。

「やっぱりちがうっ。ヒロはこんなフワフワなよなよした感じじゃないもの！」

美咲はあまりにも弘人とちがう態度に我慢できなくなって立ちあがった。

弘人は自分が淹れる茶なら、自分の味をそのまま強引に飲ませる男だ。冷たくても厳しくてもいい。あのつれない弘人が自分は好きなのだ。それでも、気持ちを汲《く》みとって優しくしてくれるときがちゃんとあるから。

「ちょっと、静花さんもうっとりしてる場合じゃないのよ、ぎゃーそんな偽者にキスされちゃダメよ」

静花は、座卓のほうで甘い顔をした偽榊に肩を抱かれていまにも口づけられそうな状態だ。

「まあっ、わたくしったらなんてふしだらなことを」

はっと静花も我《われ》に返って、偽榊のからだを思いきり押しのけて立ちあがった。

お嬢様育ちの静花は、いかにもな手練手管《てれんてくだ》に弱いらしい。

「そもそもなぜわたくしが榊にほだされなければならないの？　雇《やと》い主《ぬし》の娘に手を出すなんて最低よ。パパに知れたらあなた今日づけでクビよっ」

静花は腰に手をやって偽榊を見下ろし、びしりと指を突き立てて言う。

「だからその人はただの舟幽霊ホストよ、静花さん」

「んもう、あなたがた、まぎらわしいからいますぐその変化《へんげ》をといてちょうだい。ちっとも本題にはいれやしないわ」

きちんと正座しなおした静花は、ふたりを見やりながら、気を落ちつけるように言って襟元《えりもと》を正す。

「本題？」

偽弘人がけげんそうに眉をあげる。

美咲もはたとそのことを思い出した。そうだった。ここへは仕事で来ているのだった。

「この店で人肉を出してくれるって聞いたわ。それはいったいどこから仕入れてるの？」

美咲は偽弘人が座卓のほうに戻るのをまってから、頭を切り替えてたずねる。

「どこからって、海からだよ、美咲ちゃん」

偽弘人はにやっと笑って答える。

「海で生身《なまみ》の人間が採《と》れるわけないでしょ」

「いや、泳いでるのをフツーに採ってくるんだよ」

「おい、おまえ、ちっと喋《しゃべ》りすぎじゃないの？」

偽榊のほうがとがめる。

「どうせ聞いたところで、こんなかわいい子たちの細い腕じゃどうにもできないさ。ねえ、美咲ちゃん」

「美咲ちゃん、美咲ちゃんってしつこいわよ、あんた」

「きみら、なんなんだい。どうして人肉の出所なんて知りたがるの。やばいとこに決まってるでしょ」

偽榊が煙草盆《たばこぼん》に手をのばし、気《け》だるそうに火を入れて煙管《きせる》を吸いはじめた。ノリの悪い客に愛想を尽かせた感じだ。

「単なる興味よ。人間をこっちの世界に連れてくるには橋屋の襖《ふすま》を通らなくちゃいけないのにどうやって手に入れてるのかなって不思議なのよ」

自分たちが橋屋と知られるわけにはいかない。

「だから海にあるんだよ、その襖が」

「そういえば、海や深い山ではふたつの世界が繋《つな》がってしまうことがありますものね」

静花は言う。神気《しんき》が強い場所は、絶えずくっついたりはなれたりを繰り返しているという。

「でも限られた時間だけでしょ。一度繋がっても、一分後にはまた閉じてなくなったりする不安定なものよ」

その一時《いっとき》のタイミングに遭遇できるなんて奇跡に近い。

「ところが継続して繋がっている襖を奏水軍が発見したんだよ。〈水底の襖〉って呼ばれてるんだけどね」

偽弘人が得意げに語るので、美咲と静花はぎょっとした。

「ではそこから攫《さら》った人間をこちらに移動させているということ？」

おそらく海水浴に来ている人間を襲ってそのまま水中に引きずり込むのだろう。海で遭難したきり戻らない者は、そんなふうにしてこっちの世界につれてこられているのだ。

早急に襖を閉じなければならない、と美咲は静花と目配せしあった。いまは海水浴客が多いから、被害も起きやすくなってしまう。

「場所を聞かせてよ。繋がってるところを見てみたいわ」

美咲が単純な興味をよそおって言う。

「それはさすがに言えないよ、美咲ちゃん。ボクたち大将に昆布《こんぶ》で首を絞《し》められちゃうよ」

偽弘人が、本物の彼にはありえない甘ったれた猫なで声で言う。

美咲が悪寒《おかん》に耐えていると、

「心付けですわ。受け取って」

みなに見えないところで御封《ごふ》をしごいていた静花が、そっと座卓の上に隠《かく》り世《よ》の金子《きんす》をおいてみせた。自分たちは『竜宮閣』で身ぐるみはがされてしまったはずだから、これは静花が見せている幻《まぼろし》だ。

「〈水底の襖〉の位置を教えてくれたら、もっとはずみますわよ」

静花が言うと、舟幽霊たちは、おお、と歓声をあげて、

「座標一一六三の一八四」

「水主大将《みずのうし》んとこの栄螺鬼《さざえおに》が船で見張ってるよ」

口をそろえて、いともあっさりとその場所を吐いた。

「まったくとんでもないお店でしたわ」

『極楽水園』を出た美咲と静花は、ふたたび船着き場へ戻っていた。

「でもおかげで〈水底の襖〉をつきとめることができたわ。海妖怪はお金に弱いのかしら」

金子が幻であったことに気づいた舟幽霊たちは激怒したが、美咲らが橋屋であることを明かすと、お縄になるのを恐れて抵抗をやめた。いずれ昆布《こんぶ》で首を絞められるだろう。

支払いは橋屋申ノ分店のツケにしてもらったが、ふたりの娘が橋屋と知って店主はたいそう青ざめた。どのみち〈水底の襖〉が見つかれば、『極楽水園』は営業停止処分になる。

「木更津《きさらづ》行きの船が出るまで、あと一時間ほどですわね」

静花が日の傾き具合を見て言った。はやく〈水底の襖〉へ行って閉じねばならない。

「どうやってそこまで行く？　どっかの船に乗せてもらうしかないかしら」

美咲は入り江に碇泊《ていはく》している小型漁船を見ながら言う。

「さきほどの船奉行にお願いしてみましょうか」

御用船に乗せて運んでもらえばいい。

ふたりは、桟橋のたもとに待機している船奉行のもとへとむかい、頭をさげてみた。

「あん？　あんたらほんとに橘屋なのかい」

おやじは不審げにふたりの娘を見やる。

「そうよ、ちょっと強引なお願いなのだけど、座標一一六三の一八四、そこまで私たちをあなたの船に乗せて運んでくださらない？」

美咲は船奉行に御封を見せて橘屋であることを証明しつつ、頼んでみた。泳ぐのには距離があるだろうし、そもそも座標の数字がわかったところで海の知識のない美咲たちにはその位置がつかめない。

「おじさんは如月《きさらぎ》水軍の方なのよね？」

「いかにも」

「だったら協力して。これは奏水軍をつぶすチャンスよ」

「ところで美咲さん、水底というからには海中にあるわけでしょ？　わたくしたちでは作業しようにも息がもちませんわ」

静花に言われ、ふと、そんな根本的な問題があることに思い至った。

通常、襖を閉じるときは、決まった様式で折った御封でもって地道に境目を塞《ふさ》いでゆく手作業になる。どの深さでどんな程度の大きさの襖なのかはわからないが、水中なのだから息をとめてしなければならない。人が出入りできるとなるとそこそこの大きさだろうし、場合によっては御封の数も足りないかもしれない。

「海中の作業には潜《もぐ》り貝がおすすめだね」

船奉行が横から口をはさんだ。

「潜り貝？」

「あい。噛《か》んで潜れば一切れは息がもって代物《しろもの》だよ。わしァ、海座頭《うみざとう》だから必要ないが、陸《おか》に棲《す》んでるあんたらにゃ、嬉《うれ》しいモンだろ」

一切れというと線香一本が燃え尽きるまでのおよそ十分程度のことをいう。

「そんな便利なのがあるの？」

黙り貝に続いてそのような小道具も存在するのかと美咲は目をまるくする。

「異種族相手に海の中でも楽しめるようにな。ぐふふっ」

「黙り貝と同様、ろくでもない動機で商品化されたものなのね」

「でも、それはつかえますわ。さっそく買いにいきましょう。お支払いは中ノ分店のツケでよくてよ、美咲さん」

「ええ。……で、どこで売っているの、その潜り貝というのは」

美咲は、やけに協力的なのにひっかかりをおぼえつつ船奉行にたずねる。

「わしんちで、嫁が売ってる」

自分の店の商品を売りたかっただけらしい。

「じゃあ、そこで買ってくるわ。場所を教えてちょうだい」

4

『竜宮閣《りゅうぐうかく》』の最上階には、浅く海水のはられた水主《みずのうし》のための巨大な浴槽《よくそう》がある。

「大将」

入り口の引き戸の横で片膝《かたひざ》をついた手下が、水主を呼んだ。

大理石で造られた浴槽は、ぴかぴかに手入れがなされており、隅にあるシャチのかたちをした石像の口から潮《しお》の香りをはらんだ海水が滔々《とうとう》と流れ込む。水に浮かんでいるのは異界の海底に咲く花の赤と黄色の花びらだ。人魚のように下半身が魚になった見目麗《みめうるわ》しい海女房《うみにょうぼう》ふたりが、それらを水主の頭にかけたり、はりつけたりしてじゃれて遊んでいる。

「大将」

手下はもう一度、反応のない彼に声をかけた。

「なんだ、うるさいな」

鼻の下をのばして海女房と戯《たわむ》れていた水主は、ようやく手下の声にふり返る。

「『極楽水園《ごくらくすいえん》』に橘 屋《たちばなや》の手入れがありました」

「なに？　どういうことだ」

水主はぎょっとする。

「牢《ろう》に閉じ込めておいたはずの橘屋の女人《にょにん》たちが脱走したのです。その者たちの仕業《しわざ》のようで。〈水底の襖《ふすま》〉の位置を聞き出していったらしいので、封鎖《ふうさ》の作業をしにむかったと思われます」

「〈水底の襖〉だと？　あの襖を閉じられては困る。常駐の栄螺鬼《さざえおに》に死守するように伝えよ。わたしもいまからむかおう」

「は。それが、大磯《おおいそ》にいた如月《きさらぎ》水軍の船も、どうやらこの島にむかっているようなのです」

「なんと！　あやつらめ、もうやる気になったのか。ではこちらも迎え討たねばならぬ。船出の支度《したく》をせい。小早《こばや》二十艘で応戦だ」

水主はゆるみきった頬《ほお》を引きしめて水からあがると、一変して厳しい面持《おもも》ちになって手下に鋭く命じる。

如月水軍が台頭《たいとう》しはじめたのはほんの三十年ほど前のことだ。もとは東北の海に縄張《なわば》りのある船員五〜六人程度の弱小の海賊衆だったが、橘屋に海妖怪の始末を依頼されるたびに敵方を手懐《てなず》け、みるみるうちに巨大化していった。

昨今は東北一円の漁業だけでなく、海運や塩業《えんぎょう》でも幅をきかせるようになってきた。気に食わないのは竜宮島《りゅうぐうとう》に目をつけたあの若き参謀《さんぼう》である。総大将も手を出そうとはしなかった西と東の境目でもあるこの竜宮島に、あの参謀は貪欲《どんよく》にも踏み込んできた。

この島は交易場として栄えているが、それゆえに、放っておけば沿岸部を荒し、金品や女子供を掠奪《りゃくだつ》する事件が次々に起こる。島民たちはこれまで、それを防ぐための警固を奏《かなで》水軍に頼ってきた。島内でのいかがわしい商《あきな》いに島民たちが目をつむっているのは、そんな持ちつ持たれつの関係があるからだ。

だから如月水軍がこの島の統治権を握ったところで、長年のあいだに築かれた信頼関係——水主自身は勝手にそう考えている——を投げ出して島民たちが彼らに従うわけはないのだ。如月水軍が得られるのは今後も港を利用する船から巻きあげる帆別銭《ほべちせん》だけであろう。

「成りあがりの青二才めが」

水主は船出にそなえての身支度を整えながら、すっぽんのようにしつこい如月水軍の参謀の面《つら》を思っていまいましげに吐《は》き捨てる。

「襖の方はどうなされます？」

「閉ざすには惜しい。なんとしてでも娘どもを始末して守りとおせ。あの半妖怪のほうの娘の首は高札場《こうさつば》に名のあがった値打ちのあるものという話だ。あれをもってゆけば高野山《こうやさん》内での地位と権力はほしいままとなる」

「おとなしく高野山にお入りになるおつもりですか、大将？」

「店主が口を割ったということならばもはや逃れられん。かまわん。どのみち高野山など、数年我慢してすごせばまた出てこられるのだ。陸《おか》にわたしの名を轟《とどろ》かすよい機会ではないか。グファファ」

水主は、いまに召《め》し捕《と》られるかもしれないというのにまったく動じる様子もなく、独特の声で高らかに笑う。

手下が水主の不在を思って苦い顔をしていると、

「案ずるな。ほんの一時縛《しば》られるだけで、高野山の頂点に立つという得難《えがた》い経験もできるのだからべつだん悪い話ではないわ」

水主は鷹揚《おうよう》に言う。それでも、いくらかの怒りと苛立《いらだ》ちまじりの低い声でその先を続けた。

「あの半妖怪の娘を殺せ。生首《なまくび》をもってここへ戻れと見張りの栄螺鬼に伝えよ」


そのころ、美咲《みさき》と静花《しずか》は、襖の封鎖のために必要な潜《もぐ》り貝を入手するために、船奉行《ふなぶぎょう》の家である小間物屋《こまものや》にむかっていた。

小間物屋は、河岸《かし》からはすこし距離のある場所にあった。島内には渦《うず》を巻くように小路《こみち》が走っていて、その道沿いに点在している店のひとつがそれだった。葦簀《よしず》張りの軒先《のきさき》の見世棚《みせだな》の上には、大小さまざまな貝や用途の知れない海産物がずらりと置いてある。

「きれいね、生きてるのかしら……」

一見ふつうの貝にしか見えないが、それぞれ働きをもっているのだろう。ふたりが貝を手にとって眺めていると、いらっしゃいと奥からずんぐりと太ったおかみとおぼしき女が出てきた。

「潜り貝というのがほしいのだけど」

美咲が言うと、

「ああ、こいつね。いまちょいと品不足でふたつばかりしかないんだけど、いいかい？」

おかみは見世棚の中ほどに置いてあったあさりほどの大きさの白い貝を手にして言う。

「ここでしか売っていないものなの？」

「この島ではうちでしか取り扱ってないね。潜り貝はとくに稀少《きしょう》なもんだから、値もはるよ」

「ふたつ……、ということはひとり一回ずつしか潜れないということですわ」

潜り貝で息がもつ時間はたったの十分程度だ。禊の大きさにもよるが、禊の封鎖作業とは、御封《ごふ》で端から順にきっちりと封鎖して、その部分の消滅をまって順番にすすめねばならないので、作業に要する時間を考えると時間が足りなくなりそうだ。

「交代で潜れば作業できる時間は伸びるわ。あわせて二十分あればなんとかなるかもしれない」

「そうですわね。とりあえずふたつともいただきましょう」

ふたりは、金は後日、申《さる》ノ分店《ぶんてん》が支払うことで話をつけ、潜り貝を買いあげた。

「お嬢さんたち、効果がなくなるすこし前になると、貝が震えて教えてくれるからね。そいつに気づいたらただちに水面にあがってこなきゃだめだよ。それと深いところから戻るときは息を吐きながらゆっくり浮上しないと、肺が破裂しちまうからね。耳抜きもわすれずに」

おかみが去り際《ぎわ》に教えてくれた。

「ええ、わかったわ。ありがとう」

潜り貝を手に入れたふたりは、ふたたび桟橋《さんばし》のたもとにいる船奉行のところへと戻った。

奏水軍に奇襲をかけるために弘人《ひろと》を乗せた如月水軍の船は、順調に竜宮島にむかって航行を続けていた。

「おれのせいで、美咲ねーちゃんたちがまずいことになっちまった」

甲板《かんぱん》で雁木小僧《がんぎこぞう》と沖を眺めていると、颯太《そうた》がひょっこりあらわれて申しわけなさそうにうなだれた。

士郷《しろう》の企《たくら》みを知らない彼にしてみれば、すべては自分のあやまちが引き起こした事態である。自責の念に駆られるのもわからないでもないが、がんぜない子供に似つかわしくない硬い表情にはなにやらこっちの良心が痛んだ。

「ああ、だからいまから助けに行くんだろ。こういうときはうしろむいてグダグダ言っててもなにもはじまらない。男らしくおれが助けてみせると胸を張って立ちあがれ。おまえは美咲に世話になったから、その恩返しもしなくちゃいけないだろ」

弘人は責めるでもなく、おだやかに言って颯太の頭をくしゃりとなでる。

叱《しか》られると思ってこわばっていた颯太の小さな顔が、許されたとわかってほっとゆるんだ。

「そうだ。おまえ、これを機に泳ぎの練習でもしたら」

弘人が思い出したように提案した。

「ああ、そうっすよね。おれも賛成です。……海妖怪のくせにカナヅチなんてかっこ悪いし、この先、ずっと泳げないじゃ水軍に居場所はないよ、颯太」

雁木小僧が同意すると、颯太はにわかに渋面《じゅうめん》をつくって尻込《しりご》みした。

「無理だよ。おれの内臓は鉛《なまり》でできてんだよう」

「そんな内臓あるわけないだろ、アホ」

弘人はそう言って甲板にあったロープを手にし、捕《と》り縄《なわ》の腕前を生かして手早く颯太のからだを縛《しば》ると、彼を軽々と抱きかかえて船縁《ふなべり》に立たせた。

「おい、やめろ、はなせ、この野郎！　オレには無理だよ、水とは相性が悪いんだっ」

颯太はわめきながら、甲板に戻ろうと必死でもがく。

「男がそう簡単にあきらめるな。無理だという思い込みが手足を重くしているだけだ」

「ほんとに手足が沈むんだよ、殺す気か、うわああん、水がこっちに襲いかかってくるよォォ」

「あれはただの波だろ。自分は泳げるんだという自信をもて。おまえには半分は海坊主《うみぼうず》の血が入ってるんだから、あとは気合でなんとかなる」

「気合だけで泳げるわけねーだろ、ボケェ」

「ガタガタ抜かしてないでさっさと行け」

そう言って弘人は、恐慌《きょうこう》状態の颯太の小さな背中を無慈悲《むじひ》にも、どんと押した。

「ぎゃあああ……」

絶叫とともに颯太のからだが海に落下する。するするとロープが海にひっぱられ、ばしゃんと音がして小さな白波《しらなみ》がたった。

「いじめてんすか？」

しばらくして、手足をばたつかせて溺《おぼ》れながら浮上した颯太を不安げに眺めつつ、雁木小僧がぼそりと問う。

「特訓だ」

「最近お嬢さんも強くなってきましたけど、こんなカンジでしごかれてたんすね」

「おれもこんなふうにしごかれたからな、本店の技術集団のみなさんに。……おーい、はやく泳がないとおいていかれるぞ、颯太。もっと力を抜いて手足をゆっくり動かせ」

弘人がつかんでいるロープは長いが、船に速度があるので両者の距離ははなれるばかりだ。

「おまえ、ちょっとそばに行ってコツを教えてきてやって、雁木小僧。あいつはからだに無駄な力が入りすぎだ」

「はあ。……んじゃ、行ってきやす」

雁木小僧は水属性の妖怪なので泳ぐのは朝飯前である。彼を同行させたのも戦力になると踏んでのことだ。

「おいおい、大事なせがれに、なに勝手なマネしてくれちゃってんだ、若さんよ？」

雁木小僧が変化《へんげ》して海にするりと飛び込むと、颯太の叫び声を聞きつけたらしい士櫛が弘人のもとにやってきた。視界に溺れ気味の颯太の姿が入っているにもかかわらず平然としているところを見ると、この男もふだん似たようなことをしているのだろうと弘人は思う。

「嫁を利用されたってのに、わりかし平気なんだな、若は」

士櫛がじきに話題を変える。

「いや、平気じゃない。もしものときはあんたに雷を落としてやるよ」

弘人は海面に顔を出している雁木小僧らを目で追いながら、真顔で淡々と告げる。

士櫛はある程度の覚悟はしているようすで苦笑する。

「なんだか妙な妖気をもった女だもんなあ。弱そうに見えるが、それなりに力はあるようだな。破魔の力をもってる橘屋の女は概《がい》してみんなそんな印象だが――」

弘人は士櫛の言葉に頷《うなず》いた。

「ああ。半妖怪のせいで、ちょっと儚《はかな》い雰囲気《ふんいき》があるだろ。それがまたいいんだけどな」

弘人は潮風《しおかぜ》にあたりながら美咲のことを考える。

〈御所《ごしょ》〉で再会した日からずっと、なにか隠しているふうなのが気になる。

会わないあいだに、なにか起きたのだろうか。心を通いあわせた間柄《あいだがら》で、いらぬ隠し事などしてほしくはない。

もの憂《う》げな表情――はじめ〈御所〉で気づいたときは、なにか悩みでもあるのなら忘れさせてやろうと強引に口づけてやった。はじめのうち無理強《じ》いしている感があったが、そのうち抗《あらが》うそぶりもなくなった。美咲は芝居までして関係を続けていられるような器用な女ではないはずなので、心変わりをしたわけではなさそうだとわかった。けれど、結局彼女の抱《かか》えているものがなんだったのか、真相はわからない。

いったいなにを隠しているのだろう。

あるいは、遠野《とおの》での出来事が尾をひいているのだろうか。からだがおぼえた恐怖や嫌悪《けんお》はなかなか拭《ぬぐ》い去れないものだ。頭では許していても、本能が拒《こば》めばひずみが生じる。それが、口に出せない悩みとなって彼女を苛《さいな》んでいるのではないか――。

ひと月のあいだに、修行をしながら整理したはずの感情がかすかにさざめく。

しばらくして、雁木小僧の指導でずいぶんと泳げるようになった颯太が、船員らの手を借りて甲板にあがってきた。

「よしよし、よく頑張ったな。ちゃんと泳げた。かっこよかったぞ。からだが浮くんだってことさえおぼえれば、ぜんぜん平気だろう？」

弘人はかがみ込んで、颯太の頭をなでた。上達ははやかった。潜在的な能力はあるのだ。美咲とおなじある。

「ハハハ、よかったじゃねーか、颯太。もういつ攫《さら》われても泳いで船まで戻ってこれるな」

士榔が颯太の小さな背中を叩《たた》きながら朗《ほが》らかに笑う。

「無茶言わんでくださいよ……」

雁木小僧が指導にくたびれた顔でぼやく。と、そのとき。

「父ちゃん、船だ！」

颯太が前方にあらわれた船影を見つけて叫んだ。二十艘ほどの船が、親船《おやぶね》を中心に整然と横一列に漕《こ》ぎすすんでくる。

「奏水軍のおでましだな」

士榔が面《おもて》を引きしめ、船影を睨《にら》み据《す》えて言った。読みどおり、鳥をつかって空からこちらの動向を監視していたらしい。

奏水軍の親船から、法螺貝《ほらがい》の太い音色が響きわたる。士榔の去りぎわに残したせりふに警戒をしているのか、むこうもすでに戦う気満々だ。

船員たちのあいだに、ぴりりと緊張が走る。

「先手必勝だろ。やるぞ。まず船に結界《けっかい》を張る」

弘人が言うと、雁木小僧が不安げに眉《まゆ》をひそめた。

「船を丸ごと結界の中に？　できるんすか？」

「ああ、できるよ。それをやらなきゃ、皆殺しするはめになるからな」

弘人は袂《たもと》から取り出した御封の束を一気にばらして、虚空《こくう》に舞わせた。

彼の手をはなれた御封は、妖気を孕《はら》んで、生き物のようにひらひらと翻《ひるがえ》りながらあたりにひろがる。

「うわ、すげえたくさんだな」

颯太がはじめての眺めに驚く。

「すごいだろ。でも、今日はもうこれっきり仕事しないからな」

そう言ってほほえむと、弘人は御封をざああっと奏水軍の船にむけて繰《く》り出した。

扇《おうぎ》のようにひろがった御封が、風を切って奏水軍の親船とその両側にある小早船《こばやぶね》にわかれて流れ、きれいな円を描いてそれぞれを取り囲む。

次いでピシリと妖気が弾《はじ》け、大気を震わせて、船のまわりに薄青色の障壁《しょうへき》が生じた。

風は凪《な》いでいるが、あたりの妖気がぐっと密度を増してものものしい雰囲気が満ちる。

「おおっと、こんなバカでかい規模の結界いくつも張っちまうんだから、フツーじゃねーな、若は」

士郷は奏水軍の船団の有り様を見ながら目を丸くして感嘆《かんたん》する。二十艘の船が、それぞれ円柱状の結界におさまったかたちである。

大気の中に尋常《じんじょう》でない妖気を感じとった奏水軍の船員どもが、あわててわらわらと甲板に出てくるのが見えた。

如月水軍のほうも、みなが甲板に出て、大気をゆるがす強い妖気に圧倒されつつも無言のまま事態を見守っている。

「しかしこの結界、距離もあるからかなり妖気を消耗《しょうもう》しますね。大丈夫ですか？」

雁木小僧は険《けわ》しい面持《おもも》ちで弘人に問う。奏水軍の船体との距離は三十メートルあまりある。

「ああ。心配するな」

弘人はまわりの者たちの懸念《けねん》と動揺などどこ吹く風で頷く。

雷光を帯《お》びて青く底光りした瞳《ひとみ》と目があって、雁木小僧はぞくりと背を震わせた。

強い妖気を解放し、雷神の降臨《こうりん》にそなえて気を集中させている彼はどこか嬉々《きき》としている。

以前、『高天原《たかまがはら》』の事件を経験した美咲が、弘人の本性に不安をおぼえて自分にいきさつを話してきたことがあったが、こんな状態だったのだろうと実感する。

「どうしちまったんだよ、弘人兄」

唇《くちびる》だけを動かして神語《かむご》を唱えはじめた弘人を見た颯太が、心配げに眉を寄せる。すでに、弘人のまわりには雷の粒子《りゅうし》があつまりはじめ、細かな稲妻《いなずま》が弾けだしている。

「黙ってな、雷神を呼ぶんだよ」

雁木小僧が颯太の口を押さえる。

「うお、すんげえ強力な妖気だなー。こりゃ奏水軍も完敗だ。二度と盾突《たてつ》いてこねーぞ」

士榔が腕組みしたまま、畏怖《いふ》と感嘆を滲《にじ》ませた声で笑う。

「はじめからそういう腹だったんだろ、参謀《さんぼう》」

そう言ったきり、弘人は召雷《しょうらい》のために人の姿を失った。

5

美咲《みさき》と静花《しずか》は、潜《もぐ》り貝を買ってから、ふたたび浜の船奉行《ふなぶぎょう》のところへ戻ってきた。

「売ってただろ?」

浅瀬《あさせ》に浮かんだ御用船《ごようせん》に腰をあずけていた船奉行は、呑気《のんき》に煙管《きせる》をふかしながら言った。

「ええ。でもふたつしかなかったのよ、襖《ふすま》が小さいことを祈るわ」

美咲が言って、船を動かしてほしいと頼もうとしたときのことだ。

ドオオォーーーンと、島の大地を揺るがすようなすさまじい轟音《ごうおん》が鳴りひびいて、美咲たちははっとした。

「雷……？」

海上にひろがる空を見あげると、さきほどまでは雲ひとつない晴天だったのに、いつのまにか暗雲が一部に集まってゆっくりと渦《うず》を巻きはじめていた。島の木々から飛び立った鳥たちが、上空でギャアギャアと鳴きながら不吉な感じで乱舞している。

「ちょっと貸してくださらない？」

静花は船奉行の首に下がっていた望遠鏡を横取りして、接眼部をのぞきこんだ。

「弘人《ひろと》様だわ。手前にいるのは奏《かなで》水軍、弘人様が乗っているほうは如月《きさらぎ》水軍の船ですわよ！」

静花が一キロほど沖にいる船影をのぞきながら叫んだ。

「でも、どうしてヒロが如月水軍の船に？」

士郷《しろう》は美咲たちを奏水軍に引き渡したとき、度肝《どぎも》を抜く奇襲をかけてやると水主《みずのうし》に言い残していた。あれはこの雷神の神効《しんこう》のことをさしていたのだろうか。だとすると、あの時点ですでに士郷は弘人を呼び出して利用するつもりでいたことになる。

「また落ちますわ」

静花が硬い声でつぶやいた。美咲にもわかった。潮風《しおかぜ》にのって肌を刺す、桁違《けたちが》いの妖気にはおぼえがある。心臓が高鳴った。神効を降ろすときの弘人の妖気だった。

空が何度も閃《ひらめ》いて、ふたたび轟《とどろ》きはじめた。

「雷神か……」

島の住人たちがわらわらと砂浜に出てきて、沖のようすに目を凝《こ》らした。

渦を巻く暗雲の中心からバチバチとなにかがひび割れて爆《は》ぜるような音がして、青白い雷光が満ちた。次の瞬間、空に縦《たて》の亀裂《きれつ》が走り、すさまじい大音響を伴《ともな》って船に落雷した。

耳を劈《つんざ》く雷鳴。だが、なぜか落雷の衝撃が伝わってこない。海を渡ってやってくるのは強い妖気と音だけだ。

「結界《けっかい》を張っているから、衝撃は外には伝わらないのね」

静花は緊迫した声でつぶやいた。船ごと結界で包んでいるということなのだろうか。状況を知りたくて胸がはやる。

「ほら、美咲さんもご覧になってみて。素敵な殿方《とのがた》の雄姿《ゆうし》は目の保養にもなるし、闘志に火がつくわよ」

静花は望遠鏡を美咲に手渡しながら、興奮をおさえられないようすで言った。弘人に未練があるのではなく、単純に神効降ろしに感動しているといった感じだ。けれど、わからなくもない。雷神の降臨《こうりん》は、すべての妖怪の気を惹《ひ》きつける。

「ありがとう」

ようやく手渡された望遠鏡で沖をのぞいてみると、奏水軍の親船《おやぶね》の前に、如月水軍の関船《せきぶね》が対峙《たいじ》しているのが見えた。甲板《かんぱん》に出ている者たちの顔をたしかめてゆく。士榔にその手下たち、そして白雷《はくらい》をまとった鵺《ぬえ》が一頭——弘人である。ひさしぶりに見た妖麗《ようれい》な実体に、どきりとする。

「悪鬼を成敗《せいばい》する尊《とうと》い妖気がビシビシと伝わってきますでしょ？」

静花がとなりで言う。

「ええ。たしかに、レンズ越しに見てもなんだか威圧《いあつ》感があるわね。でも、つぎで三度目だわ。そんなに落として大丈夫なのかしら」

『紫水殿《しすいでん》』で総介《そうすけ》と戦ったときも、弘人はかなり疲弊《ひへい》していた。

美咲たちのうしろで、浜に降りてきた島民らの話し声がしている。

「如月水軍はいつのまに橘屋《たちばなや》と手を結んだんでィ。大将どうしでいがみあってたんじゃなかったのか」

「こりゃ如月水軍の圧勝だな。おれたちもいい加減鞍替《くらが》えしたほうがよさそうだ」

「奏の大将の悪行三昧《あくぎょうざんまい》にはうんざりだからな」

奏水軍の旗色が悪いのを目の当《ま》たりにした島民らは口々に言いあう。美咲の目にも、戦《いくさ》の結果は見えていた。橘屋まで味方についているのなら、島民たちももう身のふり方を迷う余地はない。どういういきさつで弘人と士郷が手を組んだのかはわからないが、士郷の目的は、弘人をつかって島民の心を動かすことにもあったのかもしれないと美咲は思った。

「でもおかしいわ。あんなに強い衝撃を受けているのに、なぜ奏水軍の船は沈まないのかしら。

弘人様の呼ぶ雷神にはあんな船くらい簡単に壊せてしまう威力《いりょく》があるはずなのに」

　静花がとなりで不安げに眉《まゆ》をひそめる。たしかにさっさと船を沈めてしまえば勝敗はつく。

「海戦の掟《おきて》というのがあるみたいよ。船を沈めるのは大将の役目。きっとヒロは手加減しているんだわ」

　美咲が沖を見つめながら言う。

「船は沈めない程度に？」

「ええ、対象物を絞《しぼ》っているのだと思う。決まったものにだけ打撃を与えて、あとは無事に残すみたいな、そういう制御《せいぎょ》がたぶん自在にきくようになったのよ」

　遠野《とおの》の事件は、『高天原《たかまがはら》』で亡くした命が引き金になって起きたものだった。夏休みに入ってから弘人が今野家《こんのけ》に帰らなかったのは、それを反省して、未熟なところを克服する修行のためだった。その成果がこれなのだ。会えなかった時間にはたしかに意味があったことを実感して美咲は満たされた気持ちになった。

　次いで彼女は、自分のすべきことを思い出す。弘人に見とれている場合ではない。彼がこちらにむかっているということは、島を出る手段は確保できたと考えてよさそうだが、せっかく情報のつかめた〈水底の襖《ふすま》〉を放置したままここを去りたくはない。自分も橘屋としての務めを果たさなくてはならない。

「静花さん、あたしたちにも仕事が。……さっさと襖を閉めなくちゃ」

美咲に言われ、静花もはっと我《われ》に返った。

「そうでしたわ。ねえ、おじさん。作業のためにちょっと船を動かしていただきたいのだけど」

「作業とはなんだね？」

「襖を閉じるの。さっきの座標のところまであたしたちを運んでもらいたいんです」

美咲は、ほとんど脅《おど》すようなかたちなので申しわけなく思いつつも、もう一度懐《ふところ》から取り出した御封《ごふ》を示して言う。

「ひっ……なんでィ、あんたらまで……」

船奉行は、目の前につきつけられた御封と、三度目の神効の降りた沖のほうを交互に見やって蒼白《そうはく》になった。雷神におののいていたところに御封を見せられて腰を抜かしたふうである。

「時間がないので急いで要求を呑《の》んでいただきたいの」

静花に念をおされ、船奉行は首をかくかくと縦にふった。

「わ、わかった。じゃあ、あんたら、この船に乗ってくれ。これで行けるぐれえの距離だから」

船奉行はそう言って、あたふたと御用船の櫓《ろ》をもって舳先《へさき》に立ちあがった。

「ありがとう」

美咲と静花は礼を言うと、慎重《しんちょう》に縁《へり》をまたいでそこに乗り込んだ。ふたりが腰をおろすのをまってから、船奉行は沖にむかって櫓を漕《こ》ぎだした。

〈水底の襖〉は、島から八百メートルほど沖にあった。

弘人たちのいるのとはまったく反対の方角だ。

見張りとおぼしき男が小舟に乗って、船戦《ふないくさ》の経過に目を凝《こ》らしていた。背丈《せたけ》は美咲と変わらないくらいに見受けられる。明日には忘れてしまうような凡庸《ぼんよう》な顔立ちの男だが、『極楽水園《ごくらくすいえん》』のホストたちの言うことが正しければ、栄螺鬼《さざえおに》が人に化けていることになる。

船奉行が船を漕ぎよせていくと、気配に気づいてふり返った。

「なんだ、てめえらは」

栄螺鬼は船奉行とふたりの女を交互に見やって不愛想《ぶあいそう》に問う。

「橘屋よ。ここの水底にある襖を閉じるために来たわ。案内しなさい！」

静花が御封を示して鋭く声を張りあげる。

「橘屋だと？」

栄螺鬼は一瞬、耳をうたがう。

「この下に〈襖〉があるのはわかっているの。水主《みずのうし》の指示で、現《うつ》し世《よ》で海難事故に見せかけて攫《さら》った人間を、そこからこっちに連れてきているんでしょう？」

「妙な言いがかりつけてんじゃねえよ。証拠はどこにあるんだ」

「『極楽水園』の店員がこの場所を吐《は》いたのよ。まちがいないわ。あんたたちはみんな奏水軍の大将とグルで生身《なまみ》の人間を売り捌《さば》いているんだわ」

美咲が言うと、栄螺鬼は御封に目をうつしてぎり、と歯を噛みしめる。

船奉行は如月水軍の者だからか、黙っておとなしく事態を見守っている。

静花は栄螺鬼をその気にさせるため、語りかけるように言う。

「水主がお縄《なわ》になるのは時間の問題。けれどもしあなたがおとなしく襖の位置を教えるというのなら、あなたのことだけはとくべつに見逃してあげてもよくってよ？」

うまい話をもちかけられた栄螺鬼は、考えるふうに口を閉ざした。

美咲は船団のいる方角を見た。沖はさきほどより静かだ。空には依然《いぜん》として鉛色《なまりいろ》の雲が渦をまいてはいるものの、弘人が稲光を操っている気配はもうない。

「おう、決めたぜ。おれを見逃してくれるってんなら教えてやってもいい」

しばしののち、栄螺鬼はどこか投げやりな調子で答えを出した。

自己保身のためにあっさりと大将を裏切ったのだ。美咲はしめたと顔を輝かせる一方で、この見張りの忠誠心の薄さに内心あきれた。

「じゃあ、さっさと案内してちょうだい」

美咲は言った。

「約束は必ず守ってくれるんだろうな？」

「ええ。もちろんよ。ちなみに襖までの距離は？」

「三間弱《さんげん》くらいだ」

水深五メートルほどだ。

「襖の大きさはどれくらいなの？」

「おれが頭からゆったり潜《くぐ》れるぐれえだな」

「よかったわ。それならなんとか二十分以内で閉じられそうな大きさね。わたくしが先に行って前半を終わらせてきますわ、美咲さん」

「ええ、じゃあお願いね」

静花は薄絹《うすぎぬ》の上衣を三枚ほど脱いで身軽になってから、袂《たもと》から取り出した潜《もぐ》り貝を口にする。

「ほんとうにそんなもので息がもつのかしら？」

「わたくしが息継ぎに戻ってこなければ効果のあるものということになるわ」

「さあ、行くぜ」

栄螺鬼が、ざぶんと白波をたてて海の中におりる。それを追うようにして、静花も履物《はきもの》を脱いで足から海に飛び込んだ。ふわりと衣《ころも》が空気をはらんで水面に浮かびあがった。

「がんばってね、静花さん！」

美咲に言われ、静花はしかと頷《うなず》いてみせる。

無事に作業ができますように――。静花の姿も海中に沈んだあと、美咲は船縁《ふなべり》にへばりついたまま、細かな泡《あわ》だけがあがってくる海面をじっと見守り続けた。

第五章　ふたりの約束

1

弘人《ひろと》を乗せた如月《きさらぎ》水軍の船は、雷神の神効《しんこう》によって水夫《かこ》たちが気絶してしまった奏《かなで》水軍の親船《おやぶね》に船体を漕《こ》ぎよせ、士郷《しろう》たちは甲板《かんぱん》に乗り込んでいた。

「おっと、さすがに大将には意識があるらしい。しぶてえ野郎だな」

士郷が、矢倉《やぐら》からのっそりと出てきた奏水軍の大将・水主《みずのうし》を見やって言う。手加減したために、強い妖力《ようりき》をもつ者は始末しきれなかったようだ。

「おのれ……、如月水軍め……」

水主は怒りをみなぎらせて士郷をねめつける。

「島での悪行《あくぎょう》が目に余るんで、橘屋《たちばなや》さんが御用《ごよう》だとよ、大将」

士郷が不遜《ふそん》な調子で言う。

「おまえが奏水軍大将か。橘屋だ。竜宮島《りゅうぐうとう》での人身売買について聞かせろ。現《うつ》し世《よ》から人間を攫《さら》ってこっちで売り物にしているというのはほんとうか？」

すでに人型に戻った弘人が事務的に問う。表情は凪《な》いでいるが、妖気の残滓《ざんし》が彼のまわりにそこはかとなく漂っている。

「おとなしく自首した方が賢明だぜ、罪も軽くなる」

横で士榔が嘲《あざけ》るように告げる。

「……お縄にでもなんでもするがよい。いい手土産《てみやげ》を手に入れたから高野山《こうやさん》へ行くのも苦ではないわ。グファファ」

水主《みずのうし》が居直って、魚類特有の無機質な目を細めて美咲《みさき》のことをほのめかすような不穏な発言をする。

「手土産だと？　美咲のことか？」

「そうだ。あの娘ならばいまごろ海中で栄螺鬼《さざえき》に首を絞《し》められている頃だわい」

水主は勝ち誇ったような笑みを浮かべて言う。

「なんだと？　海中とはどういうことだ」

弘人が水主につめより、睨《にら》みをきかせて問いただす。

「橘屋の娘たちが〈水底の襖《ふすま》〉に目をつけて封鎖《ふうさ》しにやってきたら、殺して首を残すようにと命じてあるのだ」

水主は悦《えつ》に入《い》ったように笑うと、とつぜん妖力を解放して、みるみるうちにそのからだを巨大な魚のかたちに変えはじめた。

「あいつら、禊を封鎖しにいったのか。厄介《やっかい》なことになりやがったな」

　士榔が計算外の事態に舌打ちをする。

　目の前では、五メートルはゆうに超える鱶《ふか》のような怪魚が甲板でうねり、飛沫《しぶき》をあげて海へと飛び込んでゆく。

「変化《へんげ》を解いた……」

　雁木小僧《がんぎこぞう》が、その大きさに圧倒されて思わず声を洩《も》らす。

「磯撫《いそな》でか」

　尾びれにあるおろし金のような無数の針をみとめて弘人はつぶやく。現し世では、海面を撫でるようにあらわれて航行中の船を襲ったり、釣り人を尾びれの針で逆に海に引きずり込んでしまうと伝承《でんしょう》されている妖怪だ。

「おい、こっからは頭どうしで決着をつける。手下に操船させるから、おめーはそっちの船で嫁のところへ行ってやれ」

　士榔はそう言ってから、水夫がくたばったために親船のとなりにさまよっている奏水軍の小《こ》早船《ばやぶね》を動かすよう、手下に命じる。

「〈水底の禊〉の位置は？」

　弘人がたずねると、

「そいつらが知ってる」

士榔は小早船に移った手下を顎《あご》で示して言う。なんと、海賊どもは現し世への抜け道をみな知っているのだ。知らぬは橘屋ばかりか。士榔も似たような悪事をどこかではたらいているのかもしれないが、いまはそんなことを追及している暇《ひま》はない。

水主《みずのうし》が尾を撓《しな》らせて海中を旋回すると、波が大きくうねり、船体が激しくゆれる。

「若、お嬢さんのところへ行きましょうや」

雁木小僧が美咲の身を案じて言う。

「そうだな」

大将どうしの決着はもはや弘人のかかわるところではない。とにかく一刻も早く美咲のもとへ行き、安否《あんぴ》をたしかめねばならない。

船が水主の起こした波に翻弄《ほんろう》される中、手下が漕ぎよせてくれた小早船に、まず雁木小僧が飛び移り、弘人もそのあとについておりようと船縁《ふなべり》に足をかけた。すると、

「おれも行くっ」

いつのまにか如月水軍の船から乗り移ってきていたらしい颯太《そうた》が、弘人のほうへ走ってきた。

士榔がぎょっとして颯太のほうをふり返る。

「いいだろ、父ちゃん。美咲ねーちゃん助けて、恩返ししなきゃならねえ」

士榔は逡巡《しゆんじゆん》したのち、下手《へた》に船に残って戦に巻き込まれるよりいいと判断したのか、

「おし、行ってこい。こいつを片づけたら竜宮島でまつ。溺《おぼ》れるんじゃねえぞ」

きびきびとそう告げて、自《みずか》らも妖気を解放しながら海中に飛び込んだ。

士榔の実体は海坊主《うみぼうず》――海妖怪の中では個体数のもっとも多い妖怪で、現し世ではこれも船を襲って沈める大男で知られている。海妖怪がみな船を襲うとされているのは、船乗りの霊魂が目的で一部の妖怪がしたことがそのまま伝承されているからだ。

黒々としたなめらかな肌をもつ大男が、海水を弾《はじ》いてのっそりと水面から顔を出す。小型の鯨《くじら》くらいの大きさがあって、磯撫でとは互角のように見えた。

士榔から波が放たれ、水主の起こす波と衝突して波濤《はとう》が生じた。凪いでいたはずの海が、一転してしけのときのように荒れはじめる。

「波に呑《の》み込まれちまうから急げ！」

手下が大声を張りあげて叫ぶ。

「行くぞ、颯太」

弘人は父の雄姿《ゆうし》に見とれている颯太のからだを小脇《こわき》に抱《かか》えて、船縁によってきた小早船に飛びおりた。

2

（なにかしら……？）

〈水底の襖《ふすま》〉の封鎖《ふうさ》作業にあたっている静花《しずか》を船の上でまっていた美咲《みさき》は、ふと水面に異変が起きていることに気づいた。海水が血の色に染まっているのだ。

「ねえ、これって血じゃない？」

美咲は水面に目を凝《こ》らしながら船奉行《ふなぶぎょう》に言った。まるで水底から鮮血が湧《わ》いているかのような不気味な眺めだ。

「あー、これ、栄螺鬼《さざえおに》が仲間呼ぶときの信号だな。フツーは海底で流血沙汰《ざた》になったってよっぽどたくさん出血しなけりゃ水面まで血は浮いてこねえだろ。だが栄螺鬼の血はこんな感じでいつまでも水に漂うから目印になるのよ。連れの嬢ちゃんとなんかあったんだろうな」

船奉行は顎髭《あごひげ》をしごきながらのんびりと言う。

「そんな、流血沙汰って……。あたし、見てこなきゃ」

どのみちそろそろ交替の時間でもある。

「嬢ちゃん、気をつけな。知らんかもしれないが、あの栄螺鬼はピンで見張り役をこなす強者《つわもの》。わしもかつては海の狼《おおかみ》と呼ばれた豪傑《ごうけつ》だったが現役退《しりぞ》いてはや二十年。もはやあの見張りが相手ではとても歯が立たん」

「そ、そうなの。わかったわ」

海の狼の凄《すご》さはよくわからないが、強者と聞いて美咲の中に不安が生じる。栄螺鬼が妙な気を起こして、静花に戦闘でもしかけたのだろうか。船奉行の言うことが正しければ、栄螺鬼に血が流れるようななにかがあったのはまちがいない。だとしたら静花もおなじように負傷している可能性がある。

ふたりが同時に潜《もぐ》り貝をつかって潜ってしまったら、禊の封鎖の作業にあてる時間が減ることになるが、ここは静花を助けることのほうが優先だ。

美咲は船奉行に船の留守を頼むと、貝を口にして勢いよく海に飛び込んだ。


そのころ、静花は海中で栄螺鬼に羽《は》交《が》い締《じ》めにされて危機に瀕《ひん》していた。

（なんて馬鹿力なのかしら……）

そばにはふたつの世界が溶けあった空間の揺らぎ――〈水底の禊〉があるが、彼女の手によって半ば封鎖されている。

栄螺鬼の右の上腕からは血が流れている。静花が、髪に挿《さ》してあったびらびら簪《かんざし》に妖気を込めて攻撃したのだ。

栄螺鬼は、作業の最中にいきなり背後から襲いかかってきた。はじめから水中におびきよせて殺すつもりだったのだろう。陸の妖怪が相手なら、闘うには水中のほうが断然有利だ。想定内の行動だったので一度は御《ご》封《ふ》と簪で反撃して傷を負わせたのだが、形勢が逆転した。

水の抵抗を受けるから、海中ではいかんせん威力《いりょく》を発揮できない。

薄絹《うすぎぬ》の衣《ころも》も金魚の尾びれのようにゆらゆらとゆらいで美しかったが、水中では足にまとわりついて動きづらい。襦袢《じゆばん》姿で潜るべきだったと悔《く》やんだ。

（さっさとやっつけないと……、消耗戦《しようもうせん》になったらこちらが不利だわ）

息も体力も、水中では限界がある。おまけに襖の封鎖のためにたくさんの妖力《ようりき》をつかった。栄螺鬼が途中までおとなしくこっちの作業を見守っていたのは、潜り貝の効果や妖力をできる限り消費させるつもりだったからなのにちがいない。

栄螺鬼の手がにゅっと伸びて、静花の首元にまとわりつく。ぬるりとやわらかい感触が気《き》色《しよく》悪《わる》い。このまま首を絞《し》めて窒息死《ちつそくし》させるつもりなのか。

ぐっと強い力で喉《のど》を圧迫されて息苦しさをおぼえはじめたころ、美咲の姿が視界にとびこんできた。

（美咲さん！）

栄螺鬼の血をたどってここをつきとめたのだろう。一心に手足をかいて泳いでくる。

美咲は、水底の有り様を見て驚愕《きようがく》したようだった。無理もない。自分の顔は苦悶《くもん》に歪《ゆが》んでいる。水の中だから青ざめても見えるだろう。

美咲は栄螺鬼の背後にまわったが、気配に気づいた栄螺鬼がそっちをふり返った。

その一瞬の隙《すき》をついて、静花は栄螺鬼から逃れ、足で思いきり腹に蹴《け》りを見舞ってやった。

栄螺鬼がすぐさまこっちにむきなおり、二の腕をつかまれる。

この動きが、海妖怪である彼らは格段に素早いのだ。それで、どうしても後手《ごて》にまわってしまう。

美咲が栄螺鬼のうしろから、妖気を込めた御封を放った。

黄金色の焔《ほむら》をおびた御封が、栄螺鬼めがけて水を切って飛んでくる。

御封をくらった栄螺鬼はいくらか怯《ひる》んだが、怒りに満ちた形相で美咲をふり返り、同時に静花と美咲の両方に水泡で反撃してきた。

ぶわ、と水が動いて、腹をなぐられたような鈍痛《どんつう》が走った。水をとおして、からだを重くするような栄螺鬼のいやな妖気が響く。

静花は、すでに消耗しているうえに栄螺鬼の利《き》き手側にいたために、かなりの衝撃を受けてからだをはね飛ばされた。

三メートルほどのところでかろうじてとどまり、腹を押さえながら体勢を立てなおすと、次いで栄螺鬼が人型を失って実体をさらけ出した。

（変化《へんげ》したわ！）

栄螺鬼は、何千年も生きた栄螺が化け物になったものだといわれている。頭部は巨大な栄螺で凶悪そうな眼《め》が貝肌の隙間《すきま》からのぞいており、殻《から》の口からからぬるりとのびた胴体が、その重そうな頭を支えている。ふたつの眼は、美咲を狙《ねら》っている。

美咲のほうは、それほど打撃を受けずにすんだようで、栄螺鬼のそばで身をかがめていた。

『死ね』

栄螺鬼が、美咲にむかってそう言った気がした。海中でも本能的に殺気を感じるものなのだ。

次の瞬間、刃物のようなものがいくつも栄螺鬼の手から生まれ、美咲のほうへ水を切って飛んでゆく。水を操って刃《やいば》に変えているのだ。陸《おか》で風をつかってカマイタチが仕掛けてくる技に似ている。まともに喰《く》らったら足を切り落とされそうだ。

よけそこねたものが足元をかすめ、美咲の裳《も》の裾《すそ》を切った。

彼女は痛みに顔をしかめる。

(美咲さん!)

静香は思わず心の中で叫んだ。

栄螺鬼は角度を変えて、ふたたびおなじ攻撃を繰《く》り出す。

美咲は水をかいてかろうじてそれをかわす。水の抵抗がすさまじいので、彼女もぎりぎりの動きでしか避けられない。

美咲は御封で護身の結界《けっかい》を張って攻撃を避けながら栄螺鬼に近づいてゆく。

そうだ。結界を張ってしまえばいい——静花もそれにならって、栄螺鬼に接近してゆく。

栄螺鬼の攻撃がふたりの結界に衝突して水が震える。

静花が妖気を込めた御封を至近距離から飛ばすと、それは栄螺鬼の自由をうばった。

次いで、結界を解いた美咲がぬるりと伸びた栄螺鬼の腕をとらえ、破魔の爪《つめ》を立てる。

妖気の急激な増幅に気づいた栄螺鬼が美咲に体当たりでの反撃を試みたが、彼女はそれを許さなかった。

すかさず首の付け根に爪を立てて、力いっぱい引き裂く。多くの妖怪の急所が、この首の付け根の部分だ。美咲もそれを心得ているようだった。

黄金色《こがねいろ》の焔《ほむら》が立った。水を通して伝わる美咲の特異な妖気に、静花はぞくりと身をふるわせた。美咲が破魔の力をつかうのをはじめて見た。妖狐《ようこ》は神獣《しんじゅう》だ。そのせいか、神気《しんき》に満ちた独特の妖気を孕《はら》んでいる。

栄螺鬼の傷口から、鮮血がどっと海中に溢《あふ》れ出た。血が一気に海水にひろがって、赤い煙がたったように見える。

打撃を受けた栄螺鬼は、瞬時にからだにめぐった破魔の力に目をまわした。

（やったわ）

静花は美咲と目をあわせ、心の中で快哉《かいさい》を叫んだ。

相手を縛《しば》る竜の髭《ひげ》がないから、美咲はとどめを刺したはずだ。それでも栄螺鬼は最後の最後まで妙な妖気を発して抵抗を続けた。なんとも往生際《おうじょうぎわ》の悪い妖怪である。

それは襖を守る仕掛けを発動させるための怪音波《かいおんぱ》だったのだが、静花と美咲は知る由《よし》もなかった。

栄螺鬼はやがて意識を失って、水面へと浮いてゆく。

静花はそこで、潜り貝がブルブルと震えて、送られてくる酸素がにわかに薄くなるのを感じた。

（息がもうもたないのだわ！）

静花は、心配してこちらにむかってくる美咲に身振りでそのことを訴えた。口元を指でさし、眉根をしぼってくり返し首を横にふってみせる。

美咲は頷《うなず》きながら、上へあがるように身振りで返してきた。

あとはおねがい。静花は、美咲に作業をまかせて水面へあがることにした。

水泡を追って浮上しながら、静花は美咲のことを考えた。彼女の助けが入らなかったら危うく命を落とすところだった。以前裏町の湯屋《ゆや》で戦闘になったときよりも、美咲はずっと強くなったし、敵を仕留《しと》める手際《てぎわ》もよくなっている。弘人《ひろと》に鍛《きた》えられたのだろうか。

自分が幼いころからの積み重ねで成《な》し遂《と》げることを、彼女はひとっ跳《と》びで追いついてきてあっさりと果たしてしまう。持って生まれた素質の違いもあるのだろうが、そのことを妬《ねた》まずにはいられない。

（でも本人が攻撃的じゃないから、こちらも牙《きば》を剝《む》く気が失《う》せるのよね）

美咲は自分の能力や可能性には無頓着《むとんちゃく》な感じだ。手ごたえのない相手だが、それゆえにとても無垢《むく》で清廉《せいれん》な感じがする。それでいいのかもしれない。野心家に強大な力が宿ると悪名を轟《とどろ》かせることになるので始末が悪い。かの、玉藻前《たまものまえ》のように。

妙な見栄《みえ》もなく心を許して接してくるから、つい世話を焼いて見守ってやりたくなる。弘人も、そういう邪気《じゃき》のなさに惹《ひ》かれているのではないだろうか。

ライバル意識はあってよいものだが、身内どうしで足の引っぱりあいをしていてもはじまらない。いまのように、お互い支えあって橘屋《たちばなや》を盛り立ててゆくのが分店店主として一番ふさわしい姿だ。

（弘人様のお相手が美咲さんでよかったわ）

静花はこれまで呪文《じゅもん》のように自分に言い聞かせてきたそのことに、ようやく中味が伴《ともな》ってくるのを感じた。

静花の浮上を見送った美咲は、ふたつの世界の繋《つな》ぎ目に視線を戻した。

水質が微妙に異なり、現《うつ》し世《よ》の海水が流れ込んでいるのが美咲の目にもわかる。

その境目に、規則正しく貼《は》りつけられた御封の跡が半楕円《はんだえん》を描いている。これは静花が施《ほどこ》したものだ。彼女の仕事はとてもきっちりしている。しかし海中のなにもないところに、折りたたんだ紙切れが波にゆれることもなく連なっているのだから実に奇妙な眺めである。

（さっそくとりかからなくちゃ）

水底の襖は、すでに半分は静花が閉じてくれたので残りを自分が始末すればよかった。栄螺鬼との戦闘でいくらか時間を消費したが、急げば間にあうだろう。

美咲は、ハツに習ったとおりに妖気を込めながら御封を折り重ねて境目を結びはじめた。縫《ぬ》い物のような要領だが、これが錠《じょう》をするという作業になる。結び目が襖に対して正しく作用すると、手元に妖気が滲《にじ》んでじわりと黄金色の焰が立つ。

自分の心臓の音だけが響く中、美咲は黙々と作業を続けた。息を吐き出すたびに、細かな泡《あわ》が頬《ほお》をなでて浮上してゆく。

海の中は静かだ。水のゆらぐ音と、自分の鼓動《こどう》しか耳に届かない。

黙り貝の効果は本物で、海の中でも水の外とおなじように呼吸をすることができた。はじめは効果のほどが不安だったので、おそるおそる息を吸ってみたが、貝殻からスウと空気の流れる音がして酸素が口に流れ込んできた。吐《は》き出してもおなじ音がして、無数の水泡が口からあふれて、きらきらと輝きながら水面へとあがってゆくのだった。

その後、五枚ほどの御封を残して封鎖は無事に完了した。

（終わったわ）

美咲は多少の疲れをおぼえながらも、すがすがしい達成感を味わいながら息をついた。妖力はかなり消費したが、なんとか息ももった。おそらく時間ぎりぎりだろう。そして、襖が黄金色の焰とともに完全に消失したのを確認して、美咲が水面にあがろうと水を蹴ったときのことだった。

水底の岩の隙間から、極小の気泡がさかんに生じはじめるのが目に入った。

（なにかしら、あの泡《あわ》？）

美咲がけげんに思った瞬間――。

突如《とつじょ》、岩の一部が爆《は》ぜて、妖気のともなった水塊《すいかい》が渦《うず》を巻きながら美咲めがけてむかってきた。

（きゃ！）

とっさに御封で妖気は弾いたものの、彼女のからだは凄《すさ》まじい水圧に押し流された。

襖を守るために、時限爆弾のような仕掛けがほどこしてあったのだ。さきほど栄螺鬼が発した妖気はこれを発動させるためだった。

美咲は下肢《かし》に受けた衝撃で口からごぼごぼと泡を吹きながら、それでも潜り貝だけはなんとしても失うまいと力いっぱい嚙《か》みしめ、皮膚《ひふ》を圧する強い水流に耐えた。水上にあがるために手足を動かそうにも、強い水の流れに阻《はば》まれてかなわない。

そのまま美咲のからだは、みるみる沖のほうへと流されてゆく。

間《ま》の悪いことに、それを待ち受けているものがいた。長い触手《しょくしゅ》をのばし、流されてきた美咲の足をうまい具合にからめとる。

（今度はなに？）

とつぜん足を引っぱられるかたちで水底に引き留《と》められた美咲は、足を這《は》いのぼってくる奇妙な感覚にぞっとして目をあけた。

（なんなの、このワカメは！）

足に巻きついているのは深緑色のワカメのような海藻《かいそう》だった。むろん、偶然にひっかかったのではない。むこうが意思をもってからみついてきているのだ。

（異界の海に棲《す》んでる食肉植物だわ）

波にゆれていたほかの触手も、もがきはじめた美咲の反対の足や手首にじわじわと巻きつきはじめている。食肉藻《そう》の根元の中心部には黒々とした穴があいていた。あそこに美咲のからだを閉じ込めて喰《く》らうつもりだ。

（効くかしら？）

美咲は懐《ふところ》から御封を取り出して触手にむかって貼りつけてみるが、焔を立ててくたばったのはその一本だけだった。また新たな触手がゆるゆるとのびてくる。

ゆっくりだが執拗《しつよう》な力で、美咲の自由は確実に奪われてゆく。

（こんなんじゃ、キリがないじゃない……）

かといって、破魔の力をつかうには、襖を封鎖するのと栄螺鬼との格闘で妖力を消耗しすぎていた。

本気で焦《あせ》りだした美咲に、さらに悪いことが起きた。口に噛んでいた潜り貝がブルブルと震えたのだ。おかみが説明してくれたとおり、それを合図に、吸い込める酸素が格段に薄くなる。

（まずいわ。酸素が切れてしまう……！）

美咲は底抜けの恐怖をおぼえた。このまま食肉藻に捕らえられた状態で潜り貝の効果が切れたら、自分はどうなるのだ。

死を連想したとたん急に胸が苦しくなってきて、美咲はむさぼるように深く息を吸い込んだ。薄い酸素は、どれだけ吸っても肺を満たすことがなかった。かえって息苦しさが増すような感じだ。

触手はさらにのばす手を増やし、もがく美咲のからだをじわじわと拘束《こうそく》してゆく。

（やめて！）

残った三枚の御封をすべてつかいきってしまうと、もうあとは自力で抗《あらが》うしかなかった。

刻々と薄まる酸素の中、美咲は死に物狂いで触手と格闘した。足に巻きついた一番太い触手を始末しようと手でつかんで引っぱるのだが、表面がぬめっているのに加えてゴムのように弾力があるので千切《ちぎ》ることができない。

そのうち御封で怯《ひる》んだはずの食肉藻が、また新たに触手をのばしてきて、手首や胴体にからまりはじめる。

だめだ。このままじゃ、息がもたなくなる。

（こんなところで死にたくない――）

美しい海の景色が、むなしく瞳《ひとみ》に映る。息苦しさに喘《あえ》ぐ美咲の口から、透明な無数の水泡が絶望的にあふれる。

　そして美咲は、ぎりぎりのところでひらめいた。変化《へんげ》すればいいのだ。からだのかたちを変えてしまえば、この触手から逃れることができるのではないか。

（うまくいくはず……）

　もう走らずとも変化することだって可能だ。

　そう思った瞬間に、彼女は妖気を解放してするりと妖狐の姿に変化した。

3

　弘人《ひろと》たちが小早船《こばやぶね》で〈水底の襖《ふすま》〉の座標位置にたどり着いたのは、栄螺鬼《さざえき》の仕掛けが作動した直後のことだ。

　年嵩《としかさ》の男と静花《しずか》がおなじ船に乗っていた。それとは別の小舟がもう一艘あるが無人だった。その付近の水面が、とつぜん隆起《りゅうき》したように膨《ふく》れあがったのだ。海中で小規模の爆発が起きたかのような現象である。不安定な波紋《はもん》がひろがって三艘の船体をゆらす。

「弘人様！」

　静花が、水面に起きた異常と弘人の登場に同時に驚く。

「藤堂《とうどう》、……美咲《みさき》はどこだ。無事か？」

船に美咲の姿がないのをみとめた弘人は動揺を見せる。

「さきほど水底で栄螺鬼と戦闘になって、わたくしを助けてくれたの。あれをご覧くださいませ」

静花が六メートルほど沖に浮いている栄螺鬼の身柄《みがら》を指さして言った。

「わたくしは息がもたなくなったので先にあがらせてもらったんですけれど、美咲さんは引き続き襖の封鎖《ふうさ》の作業にあたっています。……でも、いまの衝撃は……」

「いまのは栄螺鬼の置き土産《みやげ》だね」

船奉行《ふなぶぎょう》が静花の横あいから淡々と言った。

「もうひとりの嬢ちゃんは、どっか流された可能性が高い」

「流されただって……?」

一同は目を剝《む》く。

「栄螺鬼が仕掛けた妖気の塊《かたまり》が爆《は》ぜた衝撃で押し流されちまうんだよ。はやく見つけてやらねえとそろそろ息ももたねえ」

「はっ、そうですわ。もうじきあがってこなければいけない時間ですもの」

静花は青ざめた顔で言う。

「どこまで流されたっていうんだよ」

捜すといっても、このひろい海だ、どこをどうあたればよいのか見当がつかない。

「おれ、わかるよ」

弘人の横にいた颯太《そうた》が言った。

「海の中で気配を探る方法、海女房《うみにょうぼう》とかくれんぼして遊ぶときに教えてもらったんだ。美咲ねーちゃんの気配なら、少し一緒に暮らしたからなんとなくわかる気がする」

水は音のほかにもさまざまなものを伝えてくれるらしい。海妖怪である颯太にしかできない芸当である。

「ほんとうか、颯太。長距離、泳げるか？」

「泳ぐしかねえ。美咲ねーちゃんのためにがんばる。恩返ししなくちゃならねーだろ？」

「おまえ、ちゃんとわかってるんだな……。よし、捜しに出よう。おれと一緒に来い」

弘人が縁《へり》に足をかけて海に飛び込むと、颯太も口を引き結んで強く頷《うなず》き、迷わずそれにならう。

「おれもそのへん捜してみます」

雁木小僧《がんぎこぞう》が言って、ふたりに続き、ざばんと白波《しらなみ》をたてて海の中へ入る。

弘人は、さすがに緊張しているようすの颯太の顔をのぞきこみながら問う。

「おれは息がもたないから水面を移動することになるが……、おまえは潜《もぐ》らなければ気配は探れないのか？」

「顔だけ突っ込んでればわかると思う」

「そうか。美咲に抱かれた記憶も無駄にならなかったな。じゃあ、行こう」

弘人は颯太の小さな手をつかんだ。この幼児が美咲探知機である。雁木小僧と別れて、そのままふたりは、ひとまず沖の方へむかって泳ぎはじめる。

異界の海水は人間たちに汚されるようなこともないから澄んでいる。

目を開けると、美しい海の景色が眼下にひろがっていた。岩肌から伸びた昆布《こんぶ》やテングサなどの海藻《かいそう》がゆらゆらとゆれている。そこで戯《たわむ》れる色鮮やかな魚たち。うろこを煌《きら》めかせて競《きそ》うようにすばやく泳ぎ去る魚、イカの群れ、大ぶりの魚が深いところの岩陰をゆっくりと横切ってゆくのも見える。

弘人は、頭を沈めたまま泳ぐ颯太のほうを見た。

海妖怪の血をひいているだけあって、颯太は水の中でも驚くほど長く息が持つ。美咲のために気張っているのか、ほんの少し前まで溺《おぼ》れると言って水を怖がっていたのが嘘《うそ》のようだ。

ふたたび海底のほうに目を移す。美咲の姿はない。いったいどこまで流されたのか。

彼女を失いたくはない。失うわけにはいかない。

弘人は水底に美咲の姿を捜しながら、頭でじっと彼女のことを考えた。

会えないあいだに寂《さび》しい思いをさせたことを、いまになって悔《く》やむ気持ちが生まれた。

恋人どうしや夫婦なら、ひと月も会えないと相手を寂しがるのがふつうだ。〈御所《ごしょ》〉にも訪ねてきたらしいことを綺蓉《きよう》から聞かされている。

避けていたわけではないが、会えば修行に対する意気込みが脆《もろ》く崩れるような気がした。それに恋心に気づいたころの、四六時中《しろくじちゅう》彼女のことを考えている自分でもないし、雷神を呼ぶときなどには恋愛などむしろ邪魔《じゃま》な感情だ。だから、あえてこちらから会いにいくようなこともしなかった。感情に惑《まど》わされぬ強さがほしかった。ひとまず距離をおいて頭を冷やし、自分というものをしっかりと取り戻して、それからもう一度むきあえばいいと。

ひと月経《た》って、自分の調整はうまくいった。けれど、美咲のほうは、寂しさのほかにも、なにか抱《かか》え込んでしまったようだった。

（おれは完璧《かんぺき》にわがままな男だな）

自分の勝手な都合で彼女をふりまわしている。

こんな自分についてこられるのだから、美咲はある意味、懐《ふところ》の深い女だ。白菊《しらぎく》にもそういうところがあった。仕《つか》えていた兄に対して、そんな姿勢だったように思う。自分はそういう女に惹《ひ》かれるのだ。自分をまって、許してくれる女に――。

（ん？）

すこし前を泳いでいた颯太が、こっちをふり返った。

このひろい海でどう気配をよむのか、海妖怪でない弘人には想像がつかないが、颯太が弘人の手をぐっと引いて、美咲を発見したことを告げてきた。小さな指先が前方を指し示す。まだ距離があるので、弘人の目には映らない。

やがて水底に美咲の姿をみつけて、弘人は颯太から手をはなした。一体の妖狐《ようこ》が蔦《つた》のような海藻から逃れるのが見えた。船からは八百メートルほど沖の地点である。

(美咲!)

柳《やなぎ》のような緑の藻《も》が、美咲の足元で枯《か》れて萎《な》えしぼんでいるのが見えた。食肉藻《そう》につかまって格闘していたようだ。

弘人はいったん水面に顔を出して息を吸いなおし、ふたたび潜って美咲のもとへとむかった。白毛《はくもう》の美しくしなやかな雌《めす》の妖狐が、水をかいてあがってくる。白い狐《きつね》が、宙を駆けているように見える。

やがて水中で弘人たちの存在に気づいた彼女は、驚きながらもすらりと人に姿を変えた。無数の水沫《みなわ》を立ちのぼらせて、ふわりと見慣れぬ衣装に身を包んだ美咲がそこにあらわれる。

『ヒ、ロ……』

美咲の潜り貝を噛《か》んでいるらしい唇《くちびる》が自分の名を呼ぶ。どうやら息苦しそうだが、弘人はその姿に不覚にも見とれてしまった。

彼女は、朝、家を出たときの浴衣《ゆかた》姿ではなかった。『竜宮閣《りゆうぐうかく》』で着飾らされたのだろう。透けるような薄い色鮮やかな着物を重ね着し、頭には、珊瑚《さんご》や瑪瑙《めのう》の細かな細工のほどこされた髪飾りが光を受けてきらきらと輝いている。海中で白々と浮かび上がる陶器《とうき》のようにすべらかな肌。そのせいで、どこか浮世離れした人形めいた美しさが漂っている。

（乙姫《おとひめ》みたいな格好だな……）

変化《へんげ》を解いて間もないせいか、妖気の残滓《ざんし》も漂っている。

遠野《とおの》で見た、あの妖力《ようりき》のすべてを解放した彼女が脳裏に瞬《またた》く。現し世《うつよ》にいるときでも、仕草や言葉によってときおりかわいらしいときはあるものの、こういう妖怪の血が色濃く顕《あらわ》れた姿には、それとは比べものにならないほどに惹きつけられる。

半妖怪であるがゆえに、どこにも属さない稀少《きしょう》な存在。だからこそ、その手をとって、完全に隠り世《かくよ》側に引きずり込みたくなる。永久に、自分のものにしておくために――。

弘人は美咲の手をとって力いっぱい引きよせ、彼女のからだをしかと腕の中に囲み込む。

そのまま、水面にのぼって溶けてゆく水沫を追って、近くまで来ていた颯太とともにふたたび上にあがっていった。


美咲は、水面にあがると思いきり息を吸い込んだ。喉《のど》の奥に塩辛《しおから》い海水がゴロゴロと溜《た》まっている感じがしたので、横をむいて咳《せ》き込んだ。

「大丈夫か？」

弘人が美咲の背中を気づかうように抱きなおしてくれる。

「よかった……もう少しで死ぬところだった。藻《も》に、絡《から》まれてしまって……潜り貝は時間切れになるし……」

美咲はすこし落ち着いてから、ぐったりと弘人に身をあずけ、嗄《か》れた声で言った。

藻の触手《しょくしゅ》は、変化した瞬間に生じた妖気にあてられて枯れた。破魔の力も、変化した状態でつかったほうが効果的なのかもしれない。

「美咲ねーちゃんっ」

颯太が心配そうに顔をのぞき込んでくるので、美咲ははっとした。

「颯太……、あんた、泳げるようになったのね」

「船で、弘人兄に無理やり海に投げ込まれて特訓されたんだ。死ぬかと思ったぜ。こいつ、父ちゃんより容赦《ようしゃ》がねえ」

颯太は弘人に目をやって、憤然《ふんぜん》と言う。

「そうなんだ。でも、よかったじゃない」

そんな弘人が簡単に想像できて、美咲は思わず噴《ふ》き出した。

「妖狐のねーちゃん、きれーだな。もう一回変化して、尻尾《しっぽ》触らせてくれよ」

颯太は興奮気味に言った。が、

「それはあとにしろ。ひとまず、船に戻ろう。いきさつも、あとでゆっくり話すよ」

弘人はそう言って、美咲を抱《かか》えたまま陸のほうへむかって泳ぎだす。

「自分で泳ぐわ」

波のある海で、人を支えて泳ぐのは困難だ。だから自力で泳いだ。体力を消耗《しょうもう》していたので手足は重かったが、ふたたび息ができるのが奇跡のように思えて気張ることができた。

そして美咲は、自分を見つけてくれたふたりに感謝した。もしだれも来てくれなかったら、たったひとりきりで、ずっと異界の海をさまよい続けることになっただろう。


弘人たちが奏《かなで》水軍から奪ったという小早船《こばやぶね》にたどり着くと、船奉行が、自分を捜しに出ていたという雁木小僧と静花を呼び戻しに行ってくれた。

その間、美咲は弘人から、彼がなぜ士櫛《しろう》の船に乗ることになったのかを聞いた。

静花は船に戻ると、

「よかったわ、美咲さん。わたくし、美咲さんのおかげで助かったのに、そのお礼も言えずじまいになってしまったらどうしようかと――」

甲板《かんぱん》で座り込んでいる美咲をいたわるように見ながら礼を言ってくれた。ずいぶんと気を揉《も》んでいたようすだ。心配かけて申し訳ない気持ちになった。

「ごめんなさい。あれからひと悶着《もんちゃく》あって……でも、襖《ふすま》の封鎖《ふうさ》はしっかり終えたの」

甲板の隅に、栄螺鬼が縛《しば》られて転がっているのが見えた。人間を行き来させる手引きをしていたのだから高野山《こうやさん》行きはまぬがれないだろう。

美咲はぼんやりと空に目をうつした。日がずいぶん傾いている。

なにかする気力はなかった。濡《ぬ》れたからだはずっしりと鉛《なまり》のように重くて、ひどく消耗していた。死なずにすんだのだと思うとほっとして、脱力感がいっそう増した。

「……ちょっと、眠らせて……」

美咲は掠《かす》れた声でだれにともなく報告すると、ふたたび目を閉じて、船が岸に着くまで縁に身をあずけてつかのま眠った。

4

日が沈みはじめていた。

美咲《みさき》たちの小早船《こばやぶね》が竜宮島《りゅうぐうとう》の入り江にたどり着くころ、おりよく如月《きさらぎ》水軍の関船《せきぶね》も波止場《はとば》にむかってくるところだった。

士郷《しろう》のほうも決着がついたようだった。船尾に鎖《くさり》で繋《つな》がれて水主《みずのうし》がのびていた。奏《かなで》水軍の親船《おやぶね》は沖で沈められていた。士郷が勝ち星をあげたようである。

水主の身柄《みがら》は橘 屋《たちばなや》に引き渡され、人身売買の主犯格として高野山《こうやさん》に入れられることになる。

美咲の首はもちろん手土産《てみやげ》にはならない。海妖怪にとって高野山は地獄だ。海のない土地だから、隅に設《もう》けられた生け簀《いす》の中でしか海を満喫《まんきつ》できないからだ。

弘人《ひろと》が話をつけてあって如月水軍の船で大磯《おおいそ》に戻ることになっていたが、士郷の手下が、島内ですませたい雑多な用事があるので、出港は夜半すぎにしてほしいと言ってきた。

その日は、ほかに大磯にむけて出る船もないし、士榔の知りあいが営《いとな》む旅籠《はたご》で贅沢《ぜいたく》にもてなしてくれるというので、美咲たちもせっかくだからと島で休憩がてら船出の時をまつことにした。

士榔の手配してくれた旅籠は、柿葺《こけらぶ》きの簡素な一軒家だが、仲居はみな愛想《あいそ》がよく、すみずみまで手入れのゆきとどいた心づくしの宿だった。

四人は男女にわかれてゆっくりと露天風呂《ろてんぶろ》に浸《つ》かり、宿から借りた着物に着替えた。海水特有のべたついた感じが肌に残って気になっていたので、風呂に入れたのはありがたかった。

休憩するために案内された個室の窓は海に面していて、葦簀《よしず》立ての戸のあいだから日没の美しい景色が眺められた。

静花は別室に設《もう》けられているスパに行くといって、そのまま部屋には戻らなかった。

美咲は紺地《こんじ》に百合柄《ゆりがら》の浴衣《ゆかた》姿で、ひとり窓辺でごろりと横になって海風に当たりながらくつろいでいた。

思えば長い一日だった。士榔とまちあわせたのが朝の八時で、そこからひと悶着《もんちゃく》、ふた悶着あって、なんとか命の危機からものがれ、日暮れ間近になってようやく事件は片づいた。

（あのまま酸欠で死なずにすんでほんとうによかった……）

こうして意識が繋《つな》がっている自分が不思議なくらいだ。海は美しいが、恐ろしいところなのだとあらためて思った。

その後、潮《しお》の香りをはらんだ風にくりかえし肌をなでられているうちに、うとうととまどろみかけたが、物音と人の気配がして目をあけた。

静花だろうか。気《け》だるさが抜けきらず、美咲が横になったまま出入り口のほうをふり返ると、弘人が座敷に入ってきたところだった。

「ヒロ……」

弘人も湯上がりでさっぱりとした顔をしている。旅籠から借りたらしい見慣れない茶褐色《ちゃかっしょく》の芭蕉布《ばしょうふ》の着物がよく似合っていた。

「寝てたのか。からだ、大丈夫か？」

「うん。ちょっとだるいだけ」

美咲は半身を起こし、目をこすりながら返す。

弘人は美咲のとなりにならんで腰をおろし、夕焼けののぞく窓のほうをむいた。湯上がりのなめらかな彼の頬《ほお》が橙色《だいだいいろ》に染まる。

「ヒロが神効《しんこう》を降ろしているところを、あたしも島から見たわ」

美咲は望遠鏡のむこうに見た鵺《ぬえ》の姿を思い出しながら言った。

「ああ。船を壊さずに雷神を呼べた」

「そうだったわね」

「褒《ほ》めてくれよ」

めずらしく、甘えるようなことを言ってくるのでどきりとした。

「よ……、よくできました」

美咲は弘人を褒めるという行為がこそばゆくて、ぼそりと言った。自分より優《すぐ》れている相手を、どう褒めればいいのかもわからなかった。

「なんだそれ、小学一年のガキじゃないんだぞ」

弘人はすこし鼻白む。それから袂《たもと》を探って取り出したものを、美咲に手渡した。

「ほら、これ、浜で拾ったんだ」

「あ、桜貝……。きれいね。ほんとうに桜の花びらみたいな色してる」

美咲は掌《てのひら》に受けとったいくつかの桜貝を、うれしそうにじっとそばで眺める。なめらかな表面は夕日を受けて橙色に染まっているが、もとは桜のような淡いピンクなのだとわかる。

「おまえの爪《つめ》みたいだと思ってさ」

弘人はそう言ってほほえむ。

「爪？」

そんなところまで見ているのかと笑みをこぼしながら、美咲は桜貝を花のかたちにならべはじめた。とくに意味はなく、ただなんとなくそのきれいな貝殻《かいがら》で遊びたいだけだった。

　ふと、弘人の視線が自分にむけられているのに気づく。そういえば、いまはふたりきりだ。美咲はそのことを意識して、にわかに胸の鼓動《こどう》がはやまるのを感じた。

　弘人と同居を再開してからはずっと颯太《そうた》がいたので、このところ、ふたりきりになる時間というのはなかった。落ち着かない気持ちのまま、無言で桜貝をならべなおしていると、

「美咲」

　弘人がぽつりと名を呼んだ。

「なに？」

　美咲は緊張しつつも、つとめて平然と返す。

「おまえ、なんでさっきからこっちを見ないんだよ。わざとか？」

「み、見つめあうとまずいってことに気づいたのよ。その翡翠色《ひすいいろ》の目に相手をその気にさせる色魔《しきま》光線が混じっているのにちがいないわ」

　美咲はかたくなに視線をあわせぬまま、桜貝をいじり続ける。

「その気になればいいじゃないか。なんにもマズくないだろ」

　ふと弘人の声が色めいたものを帯びる。

「だ、だめよ。だめ。その気になんて、ならないわよ」

　どきどきしたまま、美咲は自分をのぞき込もうとする弘人から逃れるように、ささっと目をそらす。いつになったらその気になるのかと問われると答えられないが、やっと事件が片づい

て一息ついているところで、いきなり結ばれる気にはなれない。

「なんだよ。べつに目なんてあわせなくても、こっちはぜんぜん関係ない」

そう言って、弘人が身をよせて背中に腕をまわしてきたかと思うと、そのまま背後から抱きすくめられた。

「な……なにするの」

とつぜん身の自由をうばわれて、美咲は息を呑《の》む。

「うしろから攻めるのも好きなんだ。おまえ、知らないと思うけど、風呂あがりや飯作ってるときのうなじとかけっこう色っぽくて、ときどき抱きたくなる」

耳元で囁《ささや》かれて、美咲はぞくりと甘い戦慄《せんりつ》をおぼえる。

背中に密着した力強くて締まった胸板から、じっとりと弘人の熱が伝わる。愛《いと》しい男のからだに包み込まれる幸福感が、美咲の警戒心をみるみるうちに麻痺《まひ》させてゆく。

「酔ってもいないのに、どうしてそんなこと言うのよ……」

美咲はからだが一気に火照《ほて》るのを感じながら、か細い声で問いただす。現《うつ》し世《よ》暮らしがはじまったから、またいつものまじめな弘人に戻ったと思っていた。妖《あや》しさに翻弄《ほんろう》されるのは困るので、食事にだって隠《かく》り世《よ》のものを極力入れないようにしたのに。

「おれはふつうに健康な欲望をもった男子なんだよ」

弘人は美咲の髪を梳《す》きあげ、首筋に口づけんばかりにして言い聞かせる。空《あ》いた手が、胸元のほうにおりてゆく。浴衣越しに、美咲のからだの線をなぞるようにゆっくりと。

瞳をあわせずとも、弘人の艶《つや》めいたまなざしがありありと脳裏に浮かぶ。すでに記憶の深いところに刻みつけられた、あの胸をかき乱す扇情的《せんじょうてき》な翡翠色の瞳が。

「あ、あの……っ、この手はちょっとやめて」

美咲は懐《ふところ》にすべり込まんとする弘人の手をあわてて上から押さえとどめた。男らしい大きな手だが、自分の胸の鼓動とともに、なにかべつの生き物をつかまえた気分になる。

「どうして。まだ育成中とかか？」

弘人はなかなか意地の悪いことを言う。

「なによ、その芝生みたいな言い方。……し、心臓がどきどきしているから恥ずかしいのよ」

「そんなのあたりまえのことなんだからいちいち恥ずかしがるなよ」

弘人はいったんは紳士的に手をひいたものの、安堵《あんど》する間《ま》も与えず美咲のからだを押して畳《たたみ》に組み敷いた。

（あ……）

すでに何度か経験した状況だが、上から見下ろされ、間近に迫った逞《たくま》しい肩や、絡《から》みそうになる足などを意識すれば、やっぱりふつうではいられなくなる。

けれど、色事めいた行為はここまでだった。

「おまえ、おれになにか隠してるだろ？」

ふと、まじめな顔になって弘人が問いかけてきた。

「え……？」

美咲はどきどきしたまま眉《まゆ》をあげる。

「ずっと、遠野《とおの》で惑《まど》イ草《ぐさ》を中和したときのことが原因で、おれのことを怖がってるのかと思ってたけど……、いまの感じからするとそうでもないみたいだ」

弘人は、乱れて額《ひたい》にかかった美咲の髪をそっとよけ、慎重《しんちょう》に言葉を選びながら言う。

手を出したのは、そのことをたしかめるためだったのだ。はじめから弘人にその気などなかったことに、美咲はいまになって気づく。

「なにを隠してるんだよ。〈御所《ごしょ》〉で会った夜から、ずっと気になってたんだ」

髪をなでおろす手つきが優しくて、胸がせつなくしめつけられた。艶っぽさは嘘《うそ》のように消え失せ、ただ美咲の心を汲《く》みとるためだけの視線が静かに注がれている。

「なにがあった？」

もう一度、凪《な》いだ声音《こわね》で問いかけてくる。

〈御所〉で暗い顔をしていたから、これまで彼のほうでも気にしてくれていたようだった。

「もう、解決したの。悩んでいたことがあったんだけど、もうどうでもよくなったっていうか」

美咲はすこしほほえみながら答えた。実際、ひと事件終えて、さっぱりした気分だった。

「なんだ、それ。ひとりで悩んで勝手に解決したのか。なにを悩んでいたのか、聞かせろよ」

いまさら掘り返すのも妙な感じがした。美咲はどう話せばよいのかをしばし考えたあと、

「ヒロは、どうしてあたしのことを好きになったの？」

と、ずばり聞いてみた。

「ん？」

思いがけない問いだったようで、弘人は不思議そうに自分を見る。

「あたしの、どこが好きなのよ」

美咲は訊《き》いておきながら、不安と気恥ずかしさに襲われて、すこしばかり目を畳にそらす。

「どこって……」

弘人は美咲を見下ろしたまま、無言でしばらく答えを探していたが、そのうち彼女のとなりにごろりと仰向《あおむ》けに寝転がった。

「そうだなあ、単純で素直なところだな。……あと、清らかな感じがするところとか」

記憶をたどるような顔をして天井《てんじょう》を見つめながら、弘人は訥々《とつとつ》と答えはじめる。

「清らか……？」

「そう。変な欲もクセもこだわりもなくて、一緒にいて疲れない。欲やこだわりがないってのは跡取りとしては少々頼りないことなのかもしれないが、そこはおれが支えてやるからいい。ほかには……、飯を上手につくったり、掃除をきちんとしたり、そういう家庭的なところだな。

おふくろみたいに、外面《そとづら》は完璧《かんぺき》でも、子供や家庭を顧《かえり》みないような女は苦手なんだ」

高子《たかこ》を思い出してか、弘人の顔がかすかに曇《くも》る。

「……なんでいまさらそんなこと知りたがるんだよ?」

弘人は肘枕《ひじまくら》の体勢になって、美咲のほうをけげんそうに見下ろす。悩みの内容が、およそ彼の想像とはかけはなれていたようだった。

「どうしてヒロは、うちに婿《むこ》入りを決めてくれたのかなって思って……。もしかして、あたしが天狐《てんこ》を産むかもしれないから、ヒロは、橘屋《たちばなや》のためにあたしと一緒になる道を選んだのかなって、そう思って悩んで落ち込んでたの。遠野で、佳鷹《よしたか》にそれらしいことを吹き込まれたから」

「まあ、家の事情を考えて結婚相手を選ぶのは、べつにまちがったことじゃないからな」

美咲はひとつ頷《うなず》いて、やや硬い声で続ける。

「うん。だから、もしそうだとしても、お店のことを考えたら婿入りは喜ばしいことだし、あたし自身がヒロのことを好きで一緒にいられるのならそれでいいのかなって思ったの」

まっすぐな目をして答える美咲を、弘人はじっと見ていた。みずから答えを導きだした彼女に価値を見出《みいだ》すかのように。それから、

「そんなことを悩んでたのか」

口元をほころばせながら、わざと軽んじるように言う。

「ちょっと前までは深刻だったのよ。もしもあたしが天狐の血なんて流れていないただの女だ

ったら、ヒロはあたしを選ばなかったのかなとか……」

美咲は悩んでいた自分が馬鹿みたいに思えて、少しばかりむくれた。

弘人は、二、三拍の間をおいてから、

「おまえはどうなんだよ」

美咲を見つめたまま、至極《しごく》冷静に問い返してきた。

「おまえはどうしておれを選んだ？　おれが本店の息子だったから結婚を決めたのか」

「それは……」

美咲は言葉につまった。はじめからそういう目で弘人を見ていて恋をしたのだからいまとなってはわからない。

「答えられないだろ。もしもおれが女だったらどうする？　もしおれの実体が水主《みずのうし》みたいな海妖怪でも、おれに惚《ほ》れたか？」

美咲は想像しかけて、う、と言葉につまった。

「例えが極端すぎるわよ」

「おなじことだよ。こういうもしもの仮定の話には、実はあまり意味がない。口ではなんとでも言えるが、ほんとうのことは、実際にその状況にならないとわからないんだよ。だから悩んでも仕方ないし、おまえの疑問に明確な答えを出すことはできない」

弘人は実に現実的な回答を美咲につきつける。

「人の運命をわけているのは、生まれ落ちた環境や、その後に巡りあう人や出来事で、おれたちは、分店の跡取り娘と、そこへ婿入りすることになっていた本店の息子という条件のもとに出会って惹《ひ》かれあって恋愛関係になった。おまえがさっき自分で言ったみたいに、それが現実だ。……天狐の血のことは、どちらかといえばあって嬉《うれ》しかった要素だよ。より優れた子孫を残したいと思うのは、生き物みんなに備わっている本能だろ。生理的に惹かれるのもそれが大きいのかもしれない。でも婿入りを決めた理由はそれだけじゃない」

「それだけじゃない？」

「ああ。さっき言ったみたいな、おれに必要な条件がおまえにちゃんと備わっていて、こいつとなら暮らしていけるだろうと思えたから最終的におまえに決めたんだよ」

それは、結婚の相手を選ぶうえで、ごく自然な理由だと美咲は感じた。不安を煽《あお》るものでもないから、すんなりと頭に入ってくる。生易《なまやさ》しい口先だけの答えを出さないところが弘人らしいとも思った。

弘人は、黙り込んで気持ちの整理をつけている美咲の横顔をじっと眺めていたが、

「でも、そうだな、もしもの話をひとつするとしたら……、もし明日おまえがただの人間の女になっても、おれはずっとおまえのそばにいるよ」

もう引き返すつもりはないのだと、誠実な目をして告げる。

「ヒロ……」

美咲は翡翠色の双眸《そうぼう》を見つめ返す。たとえ気休めなのだとしても、弘人がそれを口にしてくれたことにほっとして、胸があたたかくなった。

「ありがとう……」

潮風に溶け入りそうな小さな声で、美咲はつぶやいた。

天狐を産む自分も、そうでない自分もおなじように必要としてくれている。弘人が出した答えは、そういうことなのだ。自分なりに解決した問題だったが、あらためて弘人の思いを聞けば、いっそう心が軽くなった。

弘人はふたたび仰向けになった。

海を渡った風が、室内をゆるやかに旋回してふたりの頬をなでる。かすかに潮をはらんだ、湿り気のある風だ。

お互い無言のまま、ただ横になって波の音だけを聞く、まったりとして深い時間がながれる。

美咲は目を閉じた。

よせては返す波の音が、くりかえし耳に響いてくる。からだの中に、波が流れ込んでくるような錯覚《さっかく》をおぼえる。遠野の事件から胸にわだかまっていたものが、その波によって完全に崩れてなくなってゆくのを感じた。

ふいに弘人の手がのびて、潮風にさらされていた美咲の手にしっとりと指をからませてきた。

美咲はどきりとして目をあける。

「揃《そろ》いの指輪を買いに行こう」

天井を眺めていた弘人が、指をからめたまま静かに告げる。

「指輪……？」

「そう。本区界の舞鶴《まいづる》に腕のいい錺《かざり》職人の知りあいがいるんだ。そいつにつくってもらおう。おまえのことも、見せたいし」

「舞鶴……」

行ったことのない土地だ。

「ほんとうに大切なものは、目に見えない。それでみんな、不安になって悩んだり喧嘩《けんか》したりすることになるんだよな。……だから、すこしは気持ちをかたちにしてみるんだ。そうしたら、お互い安心できるだろ」

「ヒロも不安なの？」

美咲は弘人の端正な横顔を見る。

「まったく不安がないってわけじゃない。愛情は、時間とともにかたちを変えていくものだし、おまえが心変わりするときだって、もしかしたら来るのかもしれない」

美咲は弘人を見たままかぶりをふった。

「そんな日は来ないわ」

もうずっと前に、この人と生きていく道を選びとって、店を継いでゆく覚悟を決めたのだ。

ほかのだれかに心をゆらす自分など、想像がつかない。

「そうやって、自分と相手を信じる気持ちをかたちにしたものが結婚指輪なんだろ」

目をあわせて弘人に言われ、美咲は無言のまま頷いた。そういえば、結婚したのにまだ指輪をしていない。

自分と相手を信じる気持ちをかたちにする――ひとつ、嬉しい約束ができて、美咲は顔をほころばせた。

それから弘人が、すこし身を起こして口づけを誘う。

美咲もそういう気持ちになって、静かに目を閉じ、口づけを受ける。甘い感情を呼び起こす優しいものだ。ふたりはいったん唇《くちびる》をはなして視線をからめる。それからまた、なんとなく求めあって唇をかさねる。

もう、言葉はいらない。ただ、相手のしてくることに応《こた》えるだけだ。

そうして潮騒《しおさい》の音を聞きながらゆったりと口づけをくりかえしているうちに、美咲はこのまま、抱かれてもいいと思う自分がいることに気づく。心だけでなく、からだのほうも彼を求めているということに。この人とする恋愛というものに、ようやく自分が慣れてきた。おそらく、隠り世の男とともに生きる、ほんとうの意味での覚悟ができたのだ。それはあたらしい発見だった。

「ねえ、ヒロ……」

美咲は口づけの合間に、弘人を呼んだ。掠《かす》れたような、甘い声が出た。

「あたし――」

胸に熱くうずくまる気持ちを彼に告げようとした、そのとき。

ぱたぱたと身軽な者が走る音が廊下《ろうか》のほうからしてきたかと思うと、

「美咲ねーちゃんっ」

甲高《かんだか》い男児の声とともに、いきなり入り口の戸ががらりと開いた。

美咲はびっくりして思わず弘人の胸を押しのけた。

「あっ、弘人兄、なに上にのっかってやがんだコノヤロー」

ふたりの状態を目の当《まあ》たりにした颯太《さつた》が吼《ほ》える。

たしかに弘人が美咲にのしかかるようなかたちで横になっている。

「こいつはおれの女だから問題ないんだよ」

弘人は、自分から逃れようとじたばたとしはじめた美咲の肩を押さえながら、しれっと返す。

あいかわらず人目を気にしない男である。

「おれが許さねーんだよ、どけよ。美咲ねーちゃん、嫌がってんじゃねーかよう」

「いや、喜んでるんだよ」

なあ、と弘人は美咲に同意を求めてくる。

「ちょっとっ、恥ずかしいからどいて!」

美咲は赤面《せきめん》したまま、思いきり弘人のからだを押しのけて身を起こした。

「どうしたの？　颯太」

美咲は恥ずかしいところを見られたことに動揺しつつも、乱れた髪を手で整えたりして平静を装《よそお》いながら問う。

「もう船が出るんだよ、風向きの具合で予定より出港時間が早まったんだ」

「そうなのか」

弘人が寝ころんだまま、邪魔が入って不服そうな顔で言う。

「ありがとう。支度《したく》をしなくちゃ」

美咲は礼を言って腰をあげる。といっても、手荷物などはなにもない。からだひとつで船に乗るだけだ。

「オレ、しばらく美咲んちにいてえな」

颯太がぽつりと言った。

「どうしたのよ、いきなり。せっかく泳げるようにもなったんだし、海の男としてはこれからじゃない」

「だって、美咲ねーちゃんが作る飯、船の飯よりうまかったもんよ」

「おまえが恋しいのは美咲のちっさい胸だろ」

起きあがった弘人が、颯太にむかって横から口をはさむ。

「ちっさくて悪かったわね」

美咲はむっとして言い返す。けれど実際、颯太は母親の代わりが欲しいだけなのだろう。

それから三人は座敷を出た。

開け放した窓のむこうから、木々の梢《こずえ》のゆれる音がする。旅籠《はたご》に着いたときより、風が強くなっているようだった。

階段にむかって廊下を歩いていると、

「おまえ、さっきなに言いかけた？」

弘人が思い出したようにたずねてきた。

「さっきって、えーっと……」

心に起きた変化を言葉にして伝えるつもりだった。けれどもう忘れたかった。そんな大胆《だいたん》なことを考えた自分が恥ずかしくて、一時の気の迷いだったと頭から締め出した。

「ええと、なんだっけ。……なんでもないの。忘れて」

美咲は弘人から目をそらし、どぎまぎしながらもとぼけた答えを返しておいた。

弘人はなんとなく察しているのかもしれなかったが、そのままなにも言わずに階下へとおりていった。

終章

夜の海は、陸にむけて吹く風に細かな波をたてていた。

黒々とした夜空にかかった紅蓮《ぐれん》の月が、さざ波立った水面《みなも》を不思議な色に染めている。

如月《きさらぎ》水軍の船は、波を切りわけて大磯《おおいそ》へと漕《こ》ぎすすんでいた。

美咲は篝火《かがりび》の焚《た》かれた甲板《かんぱん》でひとり沖を眺めていた。遠くに不知火《しらぬい》が見える。苦しい思いをしたが、この異界の海を嫌いにはなれない。

(嫌いにはなれない……？)

すこし前までは、紅蓮の月を見るだけで気味悪いと感じていたのに。美咲は肥《こ》えはじめた月を見上げながら、自分もずいぶんと隠り世《かくよ》になじんできたのだなと思った。弘人《ひろと》との関係が深まるにつれて、ほかのことも少しずつ変わってきているのだろう。

「いろいろと面倒かけて悪かったな」

甲板で沖を眺めていると、士郷《しろう》がやってきて声をかけた。

「士郷さん……。ほんとうよ。危うく売り飛ばされて首を刎《は》ねられるところだったわ」

美咲はさすがにすこしばかり本気で士榔に怒りをぶつける。奏《かなで》水軍に差し出されて以来、士榔と面とむかってゆっくりと話をするのはこれがはじめてだ。

「まあまあ、行きの船でおめーの腕を試したらそこそこだったんで、これなら申《さる》ノ分店《ぶんてん》の連れと協力してなんとか逃れてくれるだろうと踏んで利用させてもらったのよ」

「そのために静花《しずか》さんも引き渡したの？」

あの腕試しもそのためだったのかといまさらながら合点《がてん》する。

「あー、ふたりもいりゃ、さすがにやられねーだろうと思ってな。おめーらには破魔の力ってのがあるんだろ？」

「士榔さんてズル賢いのね」

美咲は口をとがらす。

「要領がいいと言ってくれ」

「もし失敗してたらどうなったと思うの」

「おれがこうと決めて実行に移して叶《かな》わなかったことは過去にひとつもねーんだ。まあ、叶いそうにない夢は見ねえようにもしてるんだがな」

士榔はそう言ってからりと笑う。結果的に事はうまく運んで、奏水軍は壊滅、竜宮島《りゅうぐうとう》は晴れて如月水軍の支配下におさまる。この男には運も味方についているということなのだろう。わずか一年足らずで船持ちになれたわけである。

「これを機に、お上《かみ》と総大将も仲直りしてくれるといいんだがな」

そんな胸積もりもあるのだと士郷は言う。

「それって、那智《なち》さんとよりを戻したいっていう願望からきていたりするの？」

「颯太《そうた》がいるかぎり、あいつとの縁は切れねえんだから関係ねーよ」

士郷は本音《ほんね》を読ませぬ薄い笑みを浮かべて返す。

「そういや、颯太がおめーのところに居候《いそうろう》したいとゴネやがったんだ。えらく懐《なつ》いたもんだな。西に航海するときはそっちに預けてもいいか？」

「いいわよ。でも、ちゃんと那智さんにも会わせてあげてね。ほんとうに恋しいのはお母さんだと思うのよ」

美咲がほほえんで言うと、士郷はおだやかな表情で頷《うなず》いた。

「士郷さんは、高野山《こうやさん》の高札場《こうさつば》の件をどうして知っていたの？」

美咲はふとそのことが気になった。

「ああ、出所した船員を鳥羽《とば》港で拾ったから、たまたま聞こえてきたことだ。おめー、しばらくゴロツキどもに狙《ねら》われることになるな」

士郷はまじめな面持《おもも》ちになって言う。

「ええ。もう油断できないわね」

美咲も面《おもて》を引きしめつつ、けれどどこか他人事《ひとごと》のように返してしまう。たったいま、そのことを利用されて痛い目を見たばかりだというのに。けれどやはり、店を継ぐことを決めて以来、ずっと何者かに狙われているので、恐怖心もどこか麻痺《まひ》しているのが現状だ。

「まあ、首が狙われるってことは、おめーにそれなりの力があるってことだろ。実際、椿《つばき》の姐御《あねご》たちにひと泡《あわ》吹かせたりもしてるしな」

「そうね、これを切り抜けられたらかなり自信がつくような気がする。みんなあたしを恐れて、ヘンに狙わなくもなるだろうから」

そういう意味では、これが自分に課せられた最後の試練なのかもしれないと美咲は感じた。

妙な話だが、こんな事態になってはじめて自分の力に対する自覚というものも芽生えてきた。自分はこれまで、まわりに支えられながらもたしかに事件をいくつか片づけてきている。強くなったのだと、自分の腕を自分で認めてもいい時期のかもしれない。自信は力になる。そうして、これからふりかかるであろう苦難を乗り越えていけばいい。

これを乗り越えられたら、もういたずらに天狐《てんこ》の血脈《けつみやく》を狙う輩《やから》もいなくなるだろう。

「海妖怪がらみでなんかあったときは、よろしくね、士榔さん。もう、次は変なふうに利用しないでよ」

美咲は潮風《しおかぜ》になびく髪を押さえ、まっすぐ士榔を見つめて言う。

士榔は、凛《りん》とした美咲の表情をまぶしそうに見ながら返す。

「おお、あんまりやらかすと那智に氷槍《ひょうそう》で刺されそうだからな」

美咲は思わず噴《ふ》き出しそうになった。士郷は那智には頭があがらないのだ。

隠り世の大磯から、抜け道をつかって酉《とり》ノ分店に戻ってきた美咲たちは、店の前でおりよく榊《さかき》に出会った。彼は駐車場に停《と》めた黒塗りの車からおりたところだった。例によって、きっちりとスーツを着ている。

「榊……」

静花が足をとめ、はじめて会った相手でも見るかのような顔をして榊の姿を見ている。

「おかえりなさいませ、お嬢様。そろそろお帰りかと思いまして迎えにあがりました」

いつものように榊が丁寧《ていねい》に頭をさげて言う。

「どうしましたか？」

榊は、黙ったままじっと自分を見つめている静花にけげんそうに問う。

「どうしたの、静花さん？」

美咲も静花の反応が気になって顔をのぞき込もうとすると、彼女はっと我《われ》に返った。

「な、なんでもないわ。……榊もなにこっちを見てるのよ。わたくしはあなたのことなんてなんとも思っていなくてよっ」

いつもの調子で言うと、静花は縦《たて》ロールの髪を払いながらつんとそっぽをむく。

「お疲れ様でした。ご無事でなによりです」

榊は静花の言葉をにこやかに受けとめて彼女を車へ促《うなが》す。

「なんだ、藤堂《とうどう》のやつ。榊さんに喧嘩《けんか》売ってんのか？」

店員にあずけてあった手荷物を榊に無言のままつきつけている静花を見やって、弘人が不思議そうに言う。

「きっと気づいたのよ、ほんとうの恋の相手に」

くすりと笑って美咲は言う。舟幽霊《ふなゆうれい》のおかげで、あまりにもあたりまえすぎて気づけなかった存在に、ようやく目がむいたといったところなのだろう。ほんのり色づいた彼女の頰《ほお》は、日焼けのためだけではないはずだ。

その後、事件の書類上の処理は申ノ分店が引き受けてくれることを確認してから、美咲たちは礼を言って彼女を見送った。


「ただいまー」

玄関を開けると、

「弘人殿！」

居間から顔をのぞかせてふたりの姿をみとめたハツが、ひどくあわてた様子でこちらにやってきた。

「どうしたの、おばあちゃん」

履物《はきもの》を脱ぎながら美咲がきょとんとして問うと、ハツは弘人のほうを仰《あお》いで深刻そうな顔で告げた。

「さきほど本店から連絡が入りましてな。綺蓉《きよう》が、………いなくなったと」

「いなくなった？　どういうことですか」

ふたりは思わぬ知らせに目を見開く。

「朝から気配がないのでみながおかしいと思っていたらしいが、夜になっても〈御所《ごしょ》〉内のどこにも姿が見られず……。暇《いとま》の願い出もないので本人になにかあったのではないかと。いまは技術集団の者が捜しに出ているようですが、一応弘人殿のお耳にも入れておけとお上が」

「なにかって、なにがあったっていうのよ……」

自分から失踪《しっそう》したのか、かどわかしなのかもわからない状況なのだという。具体的な理由の想像がつかず、美咲は眉《まゆ》をひそめる。

「着替えるよ。〈御所〉へ行ってくる」

弘人がいつになく険《けわ》しい面持《おもも》ちで言った。

「あ、じゃあ、あたしも――」

美咲もとっさに行こうとすると、

「いや、おまえはいい。今日は疲れただろ。ゆっくり休めよ」

そう言って引きとめた。

単純に、自分のからだを心配して言ってくれているのだとわかった。実際、手足の重い感じがぬけていなかったので、美咲は彼の言葉に甘えてひとまず家に留《とど》まることにした。

「じゃあ、あたしも、明日の朝には行くから」

美咲は言った。それまでに無事に見つかってくれればいいと思う。

「ああ、そうしてくれ」

弘人は頷いて、着替えのためにはなれにむかう。

ハツも竜宮島での出来事を聞かせてくれと言って居間に引き返していったが、美咲はうわのそらでひとりその場に立ちつくしていた。

（綺蓉……なにがあったのかしら……）

ざわざわと胸騒《むなさわ》ぎがした。自分に起きた変化とともに、外でもなにかが動きはじめている。

それは高野山の血文字の件とあいまって、どうしようもなく美咲の不安をかりたてるのだった。

終

あとがき

こんにちは、高山《たかやま》です。


あやかし恋絵巻・橘屋本店閻魔帳、海辺で約束をかわす第六巻です。

美咲《みさき》が、どうして自分を選んだのかという弘人《ひろと》への疑問を抱えながら、それでも自分なりに答えを見つけて前に進もうとするところです。

弘人は美咲の疑問に答えを出し、約束をかわしました。

この約束は愛を誓いあったふたりがたいてい一度は通る道なのではないかなーと思います。


今回の敵は海妖怪いろいろです。

海が好きなので、いつか海を舞台にしたお話を書いてみたいと思っていました。

海のない土地で育ちましたが、海が大好きです。夏になると、毎年かならず行きます。砂浜の海水浴場もいいですが、岩場も好きです。岩の隙間《すきま》をはっている小さなカニとか見るとどきどきしてしまう。

潜り貝は、ダイビング用のマウスピースからイメージしたもの。蛤仔《あさり》くらいの大きさで、口に含むと空気が出ます。重いエアタンクを背負う必要もないので、ほんとうにあったらとても便利だなあと思いながら書いてました。

でも水の中ではからだが浮いてしまうので、今回、ウエイトなしの状態で戦闘や作業をすることになった美咲たちはかなり大変だったと思います。

海妖怪にはあまりかっこいいのがいないし、資料も意外と少ないので、どの妖怪をつかうのか非常に迷いました。

おなじ水属性のものでも、川に棲息《せいそく》しているものはけっこういいのがいるのですが、海はいまひとつ……。みんな、たいてい船を沈めるのがお好きなようです。

士郷《しろう》は海坊主。海の男ということで、剽悍《ひょうかん》な感じの青年になりました。

敵方も妖怪らしくブサイクな魚人。敵があんなんなので、お話自体もあまりシリアスになりませんでした（偶数巻はなぜかこうなる……）。

颯太《そうた》は五巻のお蕎麦屋《そばや》さんですこしだけ出てきた坊やです。実は那智《なち》の子でした。

男所帯で育った子なので非常に口が悪い。いくら口達者でもこの五歳児はあり得ないわと自分で突っ込みながらも、書いていてとても楽しかったです。

主役ふたりは、海辺の宿で潮騒《しおさい》を聞きながら結ばれるという展開にするつもりで、前回のあとがきでラブ微増と予告したのですが、この小さな邪魔《じゃま》が入って叶《かな》いませんでした。弘人は不満げ。でも、美咲はすこし心に変化が起きたことに気づきます。

恋愛面以外でもあらたな局面をむかえ、自覚と覚悟もかたまってまいりました。

シリーズ化が決まったとき、出せても三冊くらいだろうと思っていたので、恋愛もそのようにまとまるように書きすすめました。が、その後も続いて、まさか両想いになってからのふたりのほうを長く書くことになるとは思いませんでした。

でも、作中で弘人が言っていたように、愛情は時間とともにかたちを変えてゆくものだと思うので、それが悩みや出来事とともにどんなふうに変化してゆくのかを、完結まであと少し見守っていただけたらなあと思っております。

お礼に移らせていただきます。

今回も適切なアドバイスでお話を整えてくださった担当様。いつもありがとうございます。

そして一巻から美しいイラストでお話を支えてくださっているくまの柚子《ゆずこ》様。

今回は、海中で美咲が妖狐《ようこ》からひとの姿に変化《へんげ》したシーンを表紙イラストにしてくださいました。うれしい。水底を背景に、いつもに増して幻想的な感じがとても素敵です。お忙しい中、ありがとうございました。

その他、出版に携《たずさ》わったスタッフの方々、そして一巻から読み続けてくださっている読者の皆様も、ほんとうにありがとうございます。
また、お会いできることを夢見て。

二〇一一年　八月

高山ちあき

※この作品はフィクションです。実在の人物・団体・事件などにはいっさい関係ありません。

どこかに隠し
カメラがあるはずなの！
キョロ
キョロ
カメラ捜索中
勉強中
この前だって
何回キスされたか
知ってたもの！
どっかで見てるに
違いないわ！
パタン
物理科学史
そんなに
見られたいなら
スッ
見せて
さしあげよう♪
まさか
ヒロが犯人じゃ
ないでしょうね！
オレなら
堂々と
見せつける
キメッ
それもダメに
決まってるでしょ!!

あとがきページを
2Pいただいたので!!

知らぬは美咲ちゃんばかりなり♪
ヒロ君なら
見られたくらいじゃ
揺るがないハズ♪

柚子の
妄想劇場デシタ!!

くまの柚子

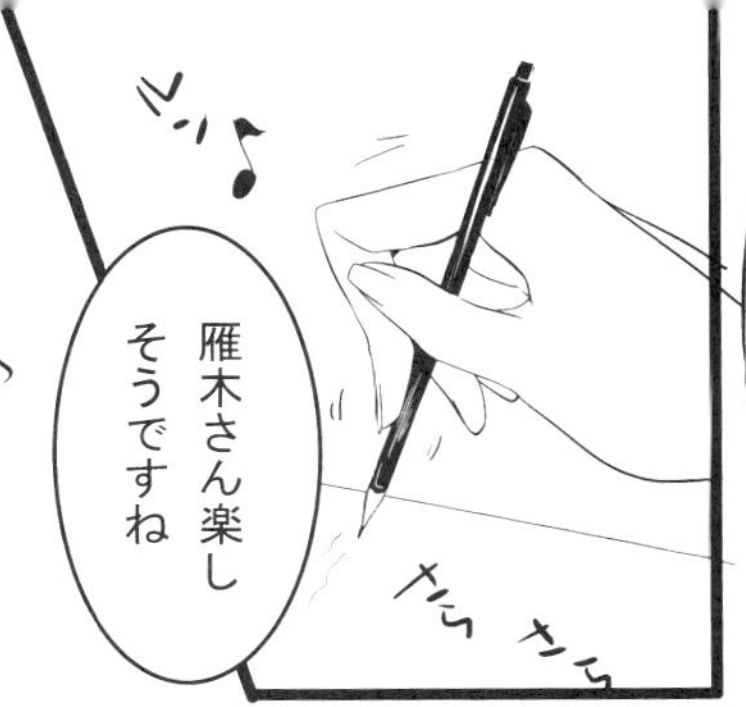

この作品のご感想をお寄せください。

高山ちあき先生へのお手紙のあて先

〒101－8050　東京都千代田区一ツ橋2－5－10

集英社コバルト編集部　気付

高山ちあき先生

たかやま・ちあき

12月25日生まれ。山羊座。B型。「橘屋本店閻魔帳～跡を継ぐまで待って～」で2009年度コバルトノベル大賞読者大賞を受賞。コバルト文庫に『橘屋本店閻魔帳』シリーズ、『お嬢様は吸血鬼～秘密ノ求婚～』がある。趣味は散歩と読書と小物作り。好きな映画は『ピアノレッスン』。愛読書はM・デュラスの『愛人(ラ・マン)』。

橘屋本店閻魔帳

海の罠とふたりの約束！

COBALT-SERIES

2011年10月10日　第1刷発行

★定価はカバーに表示してあります

著者　高山ちあき

発行者　太田富雄

発行所　株式会社　集英社

〒101－8050

東京都千代田区一ツ橋2―5―10

電話　東京　(3230)6268(編集部)

(3230)6393(販売部)

(3230)6080(読者係)

印刷所　大日本印刷株式会社

ISBN978-4-08-601569-1　C0193

好評発売中 コバルト文庫
高山ちあき
イラスト／くまの柚子
のれんの色が変わるとき、
あの世とこの世の
扉が開く――。
橘屋本店閻魔帳シリーズ
花ムコ候補のご来店！
和風コンビニ橘屋の跡取り娘・美咲《みさき》の家に、
本店のお坊ちゃまである弘人《ひろと》が現れて！？
読者大賞受賞作!!
恋がもたらす店の危機！
弘人に他店との縁談があると知りショックの
美咲のもとに、幼なじみの妖狐がやってきた！
ふたつのキスと恋敵！
同居をはじめた弘人に口説かれ続ける美咲。
だけど、他にも女の気配がして…？
星月夜に婚礼を！
痴話ゲンカから婚約解消の危機に！？
さらに、天狗の頭領が美咲を連れ去って！？
恋の記憶は盗まれて！
美咲の中の弘人に関する記憶だけが盗まれた。
犯人は遠野を取り仕切る極道の姐さんで…。

高山ちあき
イラスト／まち
レトロ風味な学園ラブ♥ファンタジー！
お嬢様は吸血鬼
～秘密ノ求婚～
人口の二割が吸血鬼といわれる大弐本帝国。伯爵令嬢の乙葉《おとは》は自分が吸血鬼であることを隠している。だが、教師の欧介《おうすけ》は気づいているようで!?
コバルト文庫
好評発売中

恋人たちのファンタジー・ヒストリカル
愛は英国子爵の嘘に導《みちび》かれて
花衣沙久羅 イラスト／由利子

ロンドンの下町で看板絵描きとして生計を立てるルル。ある日、借金取りに追われていたところをベリック子爵のアーサーに助けられるが、彼は突然ルルとの結婚を宣言して…？

〈恋人たちのファンタジー・ヒストリカル〉シリーズ・好評既刊

恋人たちのファンタジー・ヒストリカル
愛は神聖文字《ヒエログリフ》に導《みちび》かれて

恋人たちのファンタジー・ヒストリカル
愛はロココの薔薇に導《みちび》かれて

恋人たちのファンタジー・ヒストリカル
愛は沙漠の風に導《みちび》かれて

恋人たちのファンタジー・ヒストリカル
愛は英国公爵の瞳に導《みちび》かれて

好評発売中 コバルト文庫

コバルト文庫　雑誌Cobalt

「ノベル大賞」「ロマン大賞」募集中！

集英社コバルト文庫、雑誌Cobalt編集部では、エンターテインメント小説の書き手を目指す方々のために、広く門を開いています。中編部門で新人発掘の性格もある「ノベル大賞」、長編部門ですぐ出版にもむすびつく「ロマン大賞」。ともに、コバルトの読者を対象とする小説作品であれば、特にジャンルは問いません。あなたも、才能をこの賞で開花させ、ベストセラー作家の仲間入りを目指してみませんか!?

大賞入選作 正賞の楯と副賞100万円（税込）

佳作入選作 正賞の楯と副賞50万円（税込）

ノベル大賞

【応募原稿枚数】400字詰め縦書き原稿95枚〜105枚。
【しめきり】毎年7月10日（当日消印有効）
【応募資格】男女・年齢は問いませんが、新人に限ります。
【入選発表】締切後の隔月刊誌『Cobalt』1月号誌上（および12月刊の文庫のチラシ紙上）。大賞入選作も同誌上に掲載。
【原稿宛先】〒101-8050　東京都千代田区一ツ橋2-5-10
（株）集英社　コバルト編集部「ノベル大賞」係

※なお、ノベル大賞の最終候補作は、読者審査員の審査によって選ばれる**「ノベル大賞・読者大賞」**（読者大賞入選作は正賞の楯と副賞50万円）の対象になります。

ロマン大賞

【応募原稿枚数】400字詰め縦書き原稿250枚〜350枚。
【しめきり】毎年1月10日（当日消印有効）
【応募資格】男女・年齢・プロアマを問いません。
【入選発表】締切後の隔月刊誌『Cobalt』9月号誌上（および8月刊の文庫のチラシ紙上）。大賞入選作はコバルト文庫で出版（その際には、集英社の規定に基づき、印税をお支払いいたします）。
【原稿宛先】〒101-8050　東京都千代田区一ツ橋2-5-10
（株）集英社　コバルト編集部「ロマン大賞」係

応募に関する詳しい要項は隔月刊誌Cobalt（2月、4月、6月、8月、10月、12月の1日発売）をごらんください。

（　）内は解説者。品切の節はご容赦下さい。

阿川弘之
言葉と礼節
阿川弘之座談集
〈危機的状況になったときに最も値打ちを発揮するのがユーモアだという〉。悠揚たる姿勢で語られる箴言の数々。8人の知性と語り合った品格あふれる対談・座談をご堪能あれ。
あ-4-10

阿川佐和子
阿川佐和子のこの人に会いたい　9
週刊文春の看板連載「阿川佐和子のこの人に会いたい」傑作選・第九集。糸井重里、佐々木則夫、やなせたかし等が登場。大震災についても語り合った二四編を収録した文庫オリジナル。
あ-23-21

阿川佐和子・檀　ふみ
けっこん・せんか
ご存じ〝愛と罵倒〟の名コンビが、結婚、オトコから家族、仕事、はたまた焼肉のことまで俎上に載せて語り合う。大浦みずきさん、野坂昭如氏ら豪華ゲストも交え、話は思わぬ展開に？
あ-23-16

阿川佐和子・ピーコ
ピーコとサワコ
テレビ界の裏側、結婚と恋愛、大人のファッション、家庭の躾と仕事の学び方、そして人との付き合い。口から生まれた二人の爽快爆笑対談、ときにしんみり。震災後特別対談も収録。
あ-23-20

天野ミチヒロ
放送禁止映像大全
抗議や自主規制などで、再放送およびソフト化がされていない「放送禁止映像」は存在する。それら「封印された作品」は、何を問題視されたのか……。映像の〝タブー〟に鋭く切り込んだ評論集。
あ-56-1

稲泉　連
僕らが働く理由、働かない理由、働けない理由
引きこもり、フリーター、不登校……。「社会」に違和感や不安を抱きながらも人生を模索する同世代の八人の若者を取材し、現代の「青春の悩み」をすべての世代に伝える一冊。（重松　清）
い-65-1

岩下尚史《ひさふみ》
芸者論
花柳界の記憶
新橋演舞場に身を置き、名妓たちと親交のあった著者が、芸者の成り立ちから戦前、戦後の花柳界全盛の時代までを細やかに描写。和辻哲郎文化賞を受賞した、画期的日本文化論。（平岩弓枝）
い-75-1

文春文庫　最新刊